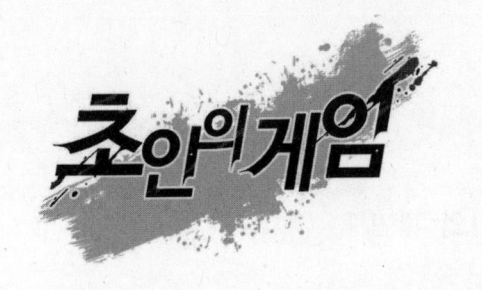

초인의 게임 1
니콜로 장편소설

초판 1쇄 찍은 날 § 2018년 10월 24일
초판 1쇄 펴낸 날 § 2018년 10월 31일

지은이 § 니콜로
펴낸이 § 서경석

총괄팀장 § 최하나
편집책임 § 김경민
편집 § 최광훈

펴낸곳 § 도서출판 청어람
등록번호 § 제387-1999-000006호
등록일자 § 1999. 5. 31
어람번호 § 제1-2963호

주소 § 경기도 부천시 부일로 483번길 40 서경B/D 3F (우) 14640
전화 § 032-656-4452 팩스 § 032-656-4453
http://www.chungeoram.com
E-mail § chungeorambook@daum.net

ISBN 979-11-04-91847-6 04810
ISBN 979-11-04-91846-9 (세트)

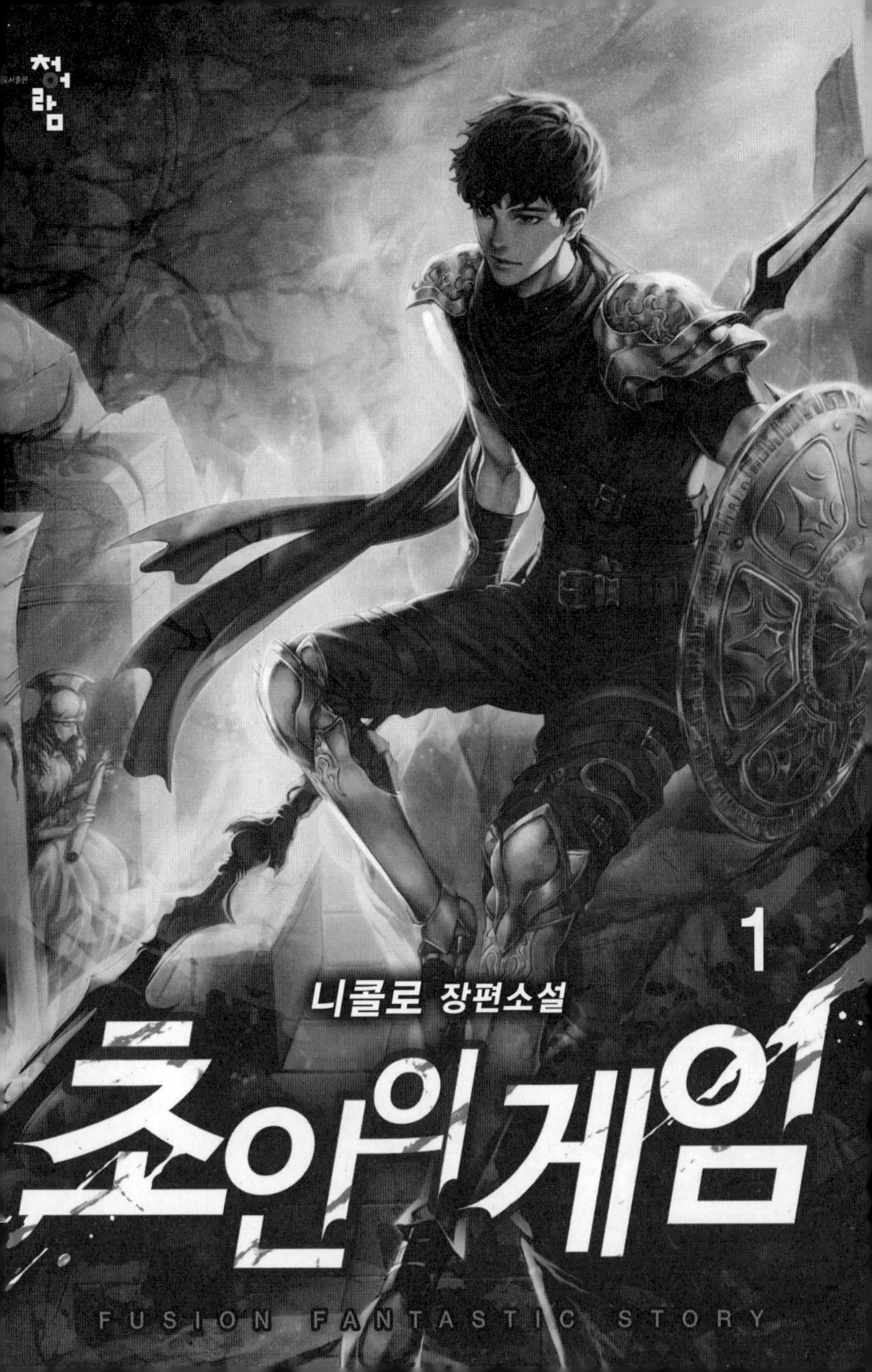
도서출판
청람
1
니콜로 장편소설
존의 게임
FUSION FANTASTIC STORY

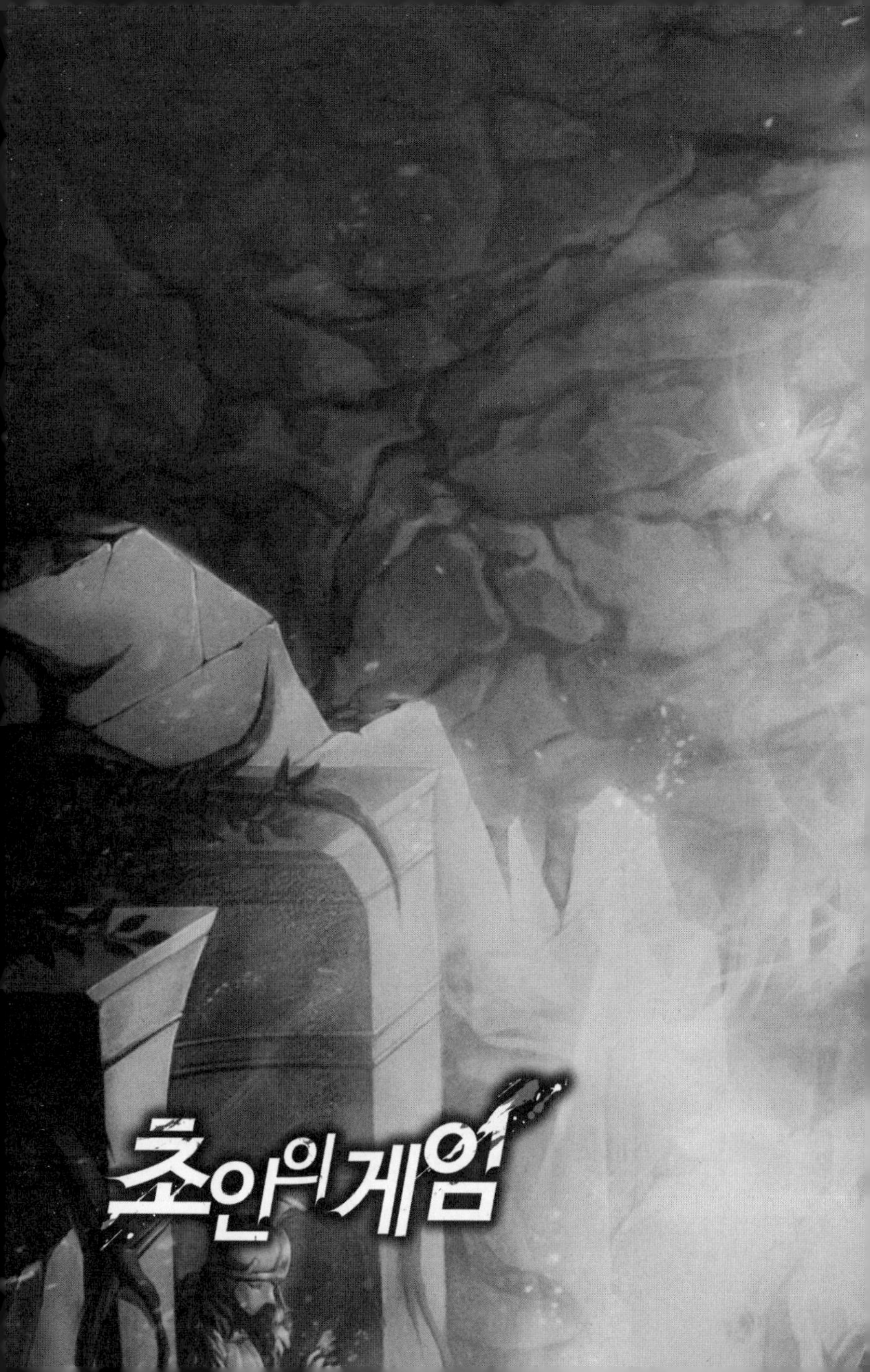
초인의 게임

�æ Contents �æ

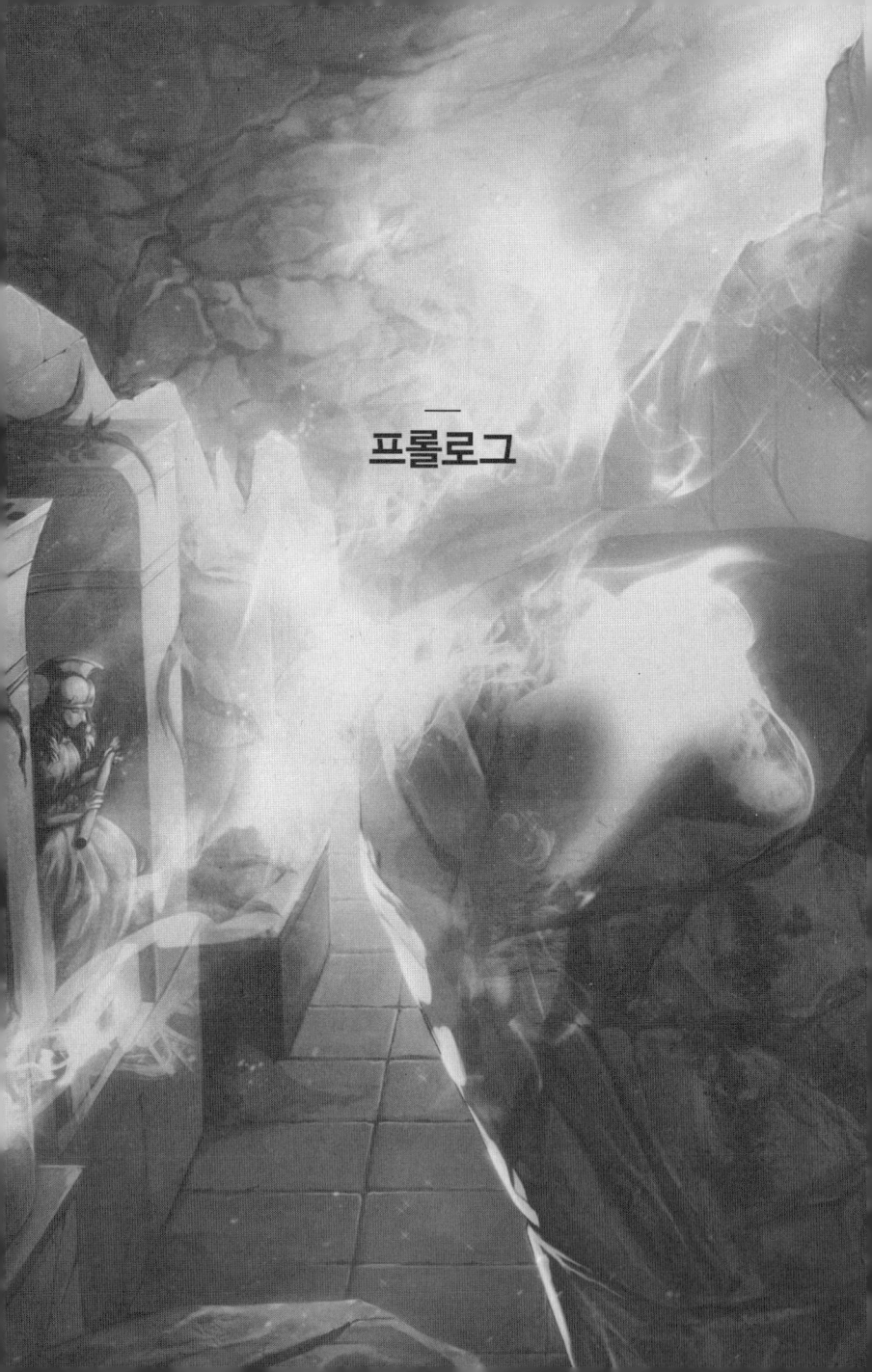

프롤로그

지저 문명의 침공으로 인류는 멸망의 위기에 몰렸다.

불가사의한 존재였던 지저 문명은 신비한 힘으로 인류의 군사 무기를 무력화했다.

하지만 그 신비한 힘이 인류에게도 전해지면서 상황은 변했다.

힘의 영향으로 인류 사이에 극소수의 초인이 탄생한 것.

초인들이 주축이 되어 인류는 지저 문명에 반격했다.

지저 문명의 지하 던전이 하나둘 파괴되면서 인류는 서서히 희망의 불씨를 피웠다.

그리고 2004년 봄.

세계 최고의 초인 7인이 지저 문명의 근간인 '최후의 던전'을 공략, 마침내 전쟁을 종식시켰다.

그들 7인은 인류를 구원한 7영웅이라 불리며 존경받았다. 부귀영화가 그들에게 부상으로 주어졌다.

다만 한 사람……

최후의 던전 공략을 이끌었던 7영웅의 리더 서문엽은 돌아오지 못했다. 그는 동료들이 탈출할 시간을 벌기 위해 홀로 남아 희생한 것이다.

산 영웅은 스타가 되고 죽은 영웅은 신화가 된다.

마지막까지 리더로서 책임을 다한 서문엽은 인류의 존경과 추모를 받았다.

그리고 17년의 세월이 흘렀다.

*   *   *

한겨울, 눈 쌓인 광화문 광장에 한국인이 가장 존경하는 세 위인의 동상이 있었다.

이순신 장군, 세종대왕, 서문엽.

한겨울이라 그런지 인파가 그리 많지는 않았지만, 서문엽의 동상에서 사진을 찍는 외국인 관광객이 심심찮게 보였다.

그런데 그때였다.

번쩍!

별안간 허공에서 사람 하나가 나타나 추락했다.

쿠우웅!

무거운 특수 합금 갑옷으로 무장한 탓에 육중한 소음이 울려 퍼졌다.

"헉!"

"깜짝이야!"

"What?!"

근처에 있던 행인들이나 외국인들이 혼비백산했다.

아무것도 없었던 허공에 마술처럼 사람이 나타났으니 놀라지 않을 도리가 없었다.

젊은 남자였다.

옛날 지저 문명과 싸우던 초인들이 입었을 것 같은 갑옷은 여기저기 찌그러지고 찢겨져 있었다.

그리고 그 남자의 얼굴은 모두를 당혹시켰다.

대한민국 사람이라면 모를 리 없는 얼굴이었기 때문이다.

"이거 장난이지?"

"피가 흐르잖아!"

"마, 말도 안 돼!"

그랬다.

죽어가는 남자는 서문엽의 동상을 쏙 빼닮아 있었다.

이후, 구급차가 남자를 실어 갈 때까지 사람들은 스마트폰 카메라로 계속 촬영했다.

〈던전 귀환자 출현, 서문엽 추정〉
〈7영웅 서문엽, 17년 만의 기적의 생환〉
〈인류를 구원한 서문엽, 17년을 건너뛴 귀환〉

미스터리한 뉴스가 전 세계 미디어를 강타했다.
죽어서 신화가 되었던 영웅의 귀환이었다.

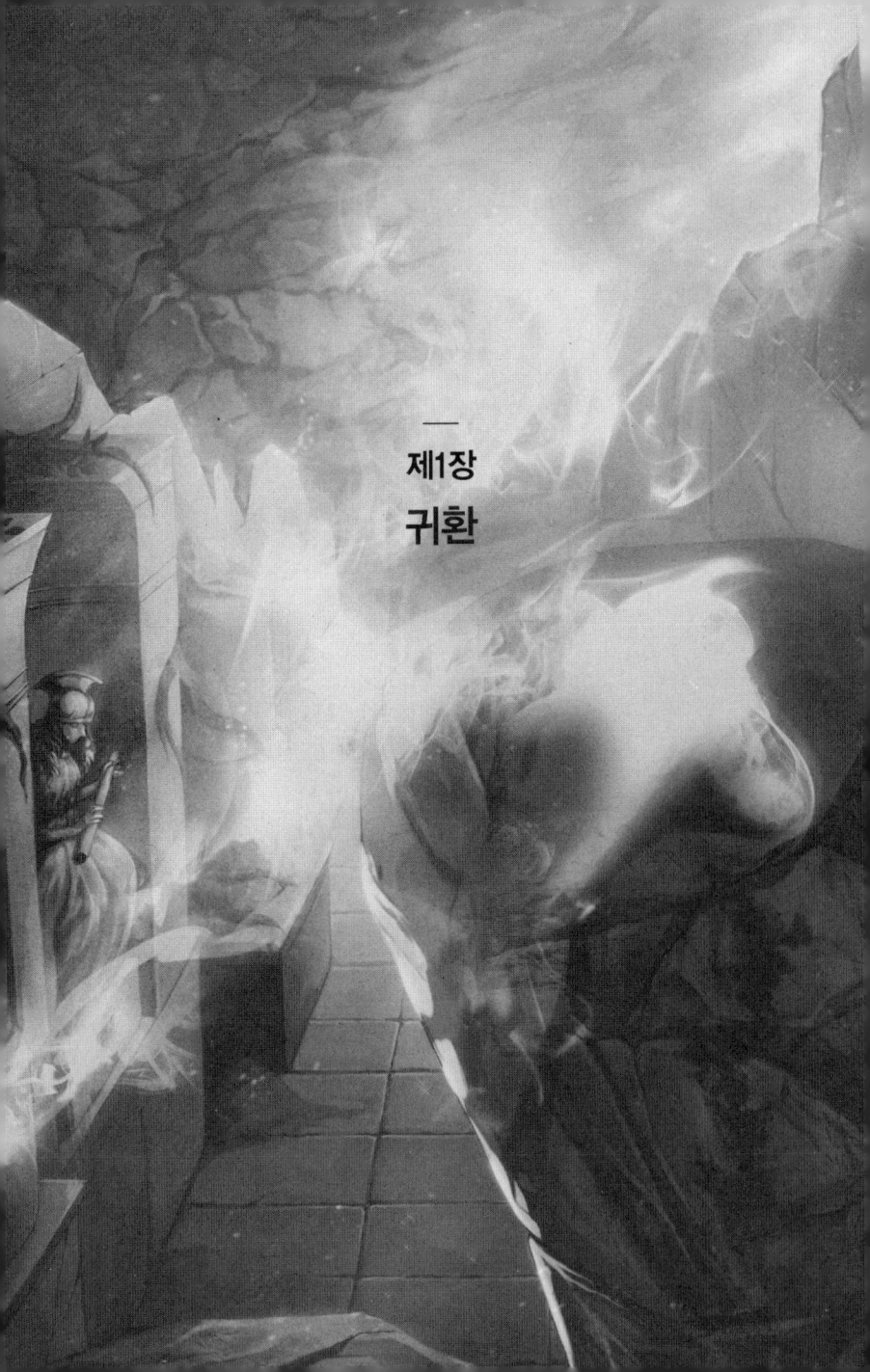

제1장

귀환

지저 문명의 몰락으로 초인과 던전 산업체도 몰락했다.
더 이상 공략할 던전이 없었기 때문이다.
하지만.

던전이 없으면 우리가 만들자.

던전 산업체가 이러한 아이디어를 냈다.
그렇게 탄생한 것이 바로 배틀필드.
가상의 던전에서 초인들이 팀을 이루어 서로 싸우는 신종
스포츠였다.

초인들이 엄청난 육체 능력과 초능력으로 펼치는 어마어마한 폭력은 대중을 강렬하게 사로잡았다.

배틀필드는 삽시간에 세계 최고의 메이저 스포츠가 되었다.

물론 폭력성 때문에 배틀필드를 거부한 나라도 있었다.

대표적인 국가가 대한민국.

한국 정부는 배틀필드가 초인들의 폭력성을 자극한다고 생각해 일절 허용하지 않았다.

이것은 큰 오판이었다.

정부의 입장 표명 후, 배틀필드를 꿈꾼 수많은 초인이 해외로 빠져나간 것이다.

초인 유출은 곧 국력 하락.

정부는 그제야 부랴부랴 배틀필드를 허가하고 리그와 협회를 만들었다.

하지만 이미 실력 있는 초인은 전부 한국을 떠나 해외에서 국적을 취득한 뒤였다.

이로 인하여 한국은 한순간에 배틀필드 약체 국가로 전락했다.

서문엽과 백제호.

인류를 구한 7영웅 중 무려 2인이나 배출한 나라치고는 비참한 몰락이었다.

　　　　*　　　　*　　　　*

대한민국 대 프랑스.

배틀필드 국가 대표 A매치 경기.

원형 경기장을 가득 채운 수만 관중이 4방향에 설치된 대형 스크린을 바라보며 열띤 응원을 했다.

하지만 응원이 무색하게도 한국 대표 팀은 무참히 박살 났다.

―위기! 프랑스의 공격이 시작됐는데 우리 선수들 제대로 대응을 못 합니다! 뭐 하나요?!

―나단! 나단 베르나흐! 나단 선수가 우리 선수들을 학살합니다! 6킬! 7킬?!

한국 선수들이 무참히 죽어나갔다.

물론 가상공간의 아바타가 소멸될 뿐, 실제 생명에는 지장이 없다.

선수들의 아바타는 치명적인 타격을 받으면 소멸되도록 되어 있는데, 그때 고통은 차단되지만 정신적인 충격은 남는다.

때문에 배틀필드 선수들이 매일 정신과 의사의 케어를 받는 것이고, 그럼에도 정신적인 문제로 은퇴하는 것이었다.

그래서였을까.

한 번 밀리기 시작하자 한국 대표 팀은 두려움에 질려 우왕좌왕했다.

제대로 된 조직적인 저항을 못 하고 분쇄당하는 한국 팀.

프랑스 대표 팀의 에이스 선수에 의해 추풍낙엽처럼 아바타가 무더기로 소멸된다.

"대체 뭘 하는 거야!"

더그아웃에서 경기를 지켜보던 감독 백제호가 소리를 질렀다. 감독이 보기에는 너무 끔찍한 광경이었다.

그가 한국 대표 팀의 감독을 맡고서 이번이 3번째 경기였다.

지난 2경기를 연패했기 때문에 이번에는 어느 정도 달라진 모습을 증명했어야 했다.

하지만⋯⋯.

7영웅 일원이자 서문엽의 친구였던 백제호조차도 한국 대표 팀을 구제하지 못했다.

"아무리 상대가 세계적인 플레이어인 나단 베르나흐라고는 하지만 저렇게 아무 저항도 못 해보고⋯⋯."

스타 플레이어에게 주눅 들어서 꼼짝 못하는 추태라니.

─아 이런, 금방 전멸하고 맙니다!

중계진마저도 충격을 받은 광경이었다. 추풍낙엽처럼 한국

팀은 몰살당했다.

－대한민국 대표 팀 11명이 전멸함으로써, 2세트도 프랑스
의 대승입니다.

－1세트 2－11, 2세트 1－11. 정말 치욕스럽습니다. 그나마
백하연 선수가 꾸준히 킬을 올려서 홀로 분발했습니다만 소
용없었죠.

－네, 그냥 일방적으로 당하다가 끝난 경기였습니다.

"우우우우!!"

"그냥 나가 뒈져라!"

"이게 국가 대표 경기냐?"

"대표 팀 싹 갈아치워! 백하연 빼고 전부!"

경기장의 수만 관중이 분노를 표출했다.

백제호는 한숨을 쉬었다.

'개판이다.'

이미 부와 명예를 다 가지고 있었던 백제호가 새삼스럽게
배틀필드 국가 대표 감독직을 맡게 된 것은 순전히 딸 때문이
었다.

오늘 유일하게 정상적인 활약을 했던 한국 국가 대표 선수
백하연이 바로 백제호의 딸이었던 것이다.

7영웅의 딸로 주목받은 백하연은 아니나 다를까, 남다른 기

본기와 센스로 명성을 떨쳐 삽시간에 국가 대표가 되었다.

그런데 국가 대표가 되고 나서부터 백하연은 연전연패의 수렁에 빠진 대표 팀에서 고통받았다.

영웅의 딸이라며 잔뜩 칭송하고는, 경기에서 지고 나면 활약을 못했다고 욕을 했다.

대표 팀 내부에서도 실력도 없는 주제에 괜히 찝쩍거리는 놈들이 있어 고통이 2배였다.

그래서 보다 못해 백제호가 딸을 도와주고자 감독직을 허락한 것이다. 부녀가 함께 국가 대표가 되었다며 또 멋대로 호들갑 떠는 여론에는 진저리가 났다.

이제는 그런 기대마저 사라졌을 테지만 말이다.

경기가 끝나고 더그아웃 옆에 설치된 원통형 접속 모듈에서 선수들이 하나둘 나왔다.

딸 백하연도 울분을 머금고 고개를 푹 숙인 모습.

백제호는 씁쓸함을 느꼈다.

한때, 한국의 초인들은 투지가 강하고 지독하다고 평가받던 시절이 있었다.

바로 지저 전쟁 시절의 이야기였다.

하지만 다 옛날 얘기였다.

이제는 실력은 물론 정신력도 밑바닥인 한국 선수들이었다.

강인한 자질을 가진 녀석들은 다 옛날에 해외로 빠져나갔

으니까.

'혹은 죽었거나.'

백제호는 죽은 서문엽을 떠올렸다.

"너희들 말이야."

무너지는 최후의 던전.

통제에서 풀려나 미쳐 날뛰는 괴물들에게 쫓기고 있을 때였다.

"돌아가면 내 위인전 한 권씩 써라."

서문엽은 그 유명한 유언을 남긴 채, 그대로 뒤돌아 괴물들에게 뛰어들었다.

백제호가 영원히 잊을 수 없는 뒷모습이었다.

'엽아, 네가 살아 있었으면 좋았을걸.'

오늘 같은 날은 특히나 더 죽은 친구가 떠올랐다.

서문엽이 살아 있었더라면 오늘 같은 상황은 일어나지 않으리라.

서문엽이라면 선수로서도 감독으로서도 최고가 되었을 것이다.

최후의 던전 공략까지 이끈 위대한 리더였으니까.

"감독님, 인터뷰하러 가셔야죠."

코치가 조심스럽게 백제호에게 말했다.

백제호는 고개를 끄덕였다.

"대국민 사과나 하러 가야겠군. 그러라고 날 감독에 앉힌 거니까."

"감독님……."

"이 팀은 무리야. 너무 나약해. 기본기도, 정신도."

"아직 감독이 되신 지 얼마 안 되셨잖습니까. 이제 시작입니다."

"아냐, 이번 인터뷰에서 사퇴라도 표명하든지 해야겠어."

"가, 감독님!"

"서문엽이라도 살아 돌아온다면 모를까. 나로서는 무리야. 더 내 명성 깎아먹기 전에 빨리 관둬야지."

"가, 감독님마저 관두시면 정말 답 없습니다."

코치들이 만류를 했다.

사실 가장 무서운 것은 국민들의 분노였다.

현재 그걸 감당할 수 있는 사람은 국민 영웅인 백제호밖에 없었다.

뭘 해도 용서를 받는 백제호가 있기에 대표 팀의 코칭스태프도 숨통이 트인 것이었다.

하지만 그건 그들의 사정이고, 백제호는 더 이상 의욕이 없었다.

'이번 대패의 책임을 져서 사임해야겠다.'

얼른 손 털고 나갈 생각으로 충만할 때였다.

갑자기 핸드폰이 윙윙 진동했다.

발신자는 한국 배틀필드 협회장 박진태. 감독이 되어달라고 애걸복걸하던 작자였다.

"예, 협회장님."

—이보게, 소식 들었나?

"대표 팀이 참패해 나라 망신 뻗친 소식이요? 직접 코앞에서 목격했지요."

—이 친구 참, 그거 말고!

"그럼 뭡니까?"

—서문엽 말이야!

순간 백제호의 표정이 경직되었다.

서문엽에 대한 그리움이 남다른 백제호였지만, 다른 사람 입에서 그 이름이 언급되는 것은 좋아하지 않았다.

그런데 그걸 아는지 모르는지 협회장은 눈치 없이 흥분한 목소리로 말을 이었다.

—서문엽이 살아 돌아왔어!

그 말에 백제호는 인상을 썼다.

"또 어떤 루키인지는 모르지만 그 이름을 함부로 붙이지 마십시오."

—아니, 그런 뜻이 아니야. 비유가 아니라 말 그대로, 서문

엽이 살아 돌아왔다니까!

"그게 무슨 개소리입니까?"

ㅡ던전 귀환자라고!

"예?"

던전 귀환자.

던전에서 귀환한 초인을 일컫는데, 지저 전쟁이 끝난 지 17년이 지난 지금은 쓰이지도 않는 단어였다.

ㅡ무려 17년짜리 시공 왜곡이 일어난 던전 귀환자라고!

순간 백제호의 사고가 경직되었다.

던전에서 귀환할 때 시공의 왜곡이 몇 시간에서 며칠 정도 발생한다.

그런데 무려 17년짜리 시공 왜곡은 듣도 보도 못했다.

그때였다.

ㅡ경기장을 떠나시는 관중 여러분, 긴급히 속보가 들어왔습니다. 이걸 어떻게 설명해야 좋을지는 모르겠습니다만……

경기장의 중계진도 지금 막 속보를 받은 모양이었다.

ㅡ일단 영상을 보시죠.

이윽고 대형화면에 경악스러운 영상이 재생되었다.

일반인이 핸드폰으로 찍었는지 초점이 조악했다.

지저 전쟁 시절의 두터운 중무장을 한 사내가 피투성이로 광화문 광장에 쓰러졌다.

이 무슨 드라마틱한 연출이란 말인가?

버젓이 서 있는 서문엽의 동상 아래에서 죽어가고 있는 진짜 서문엽이라니 말이다.

서문엽의 얼굴을 본 백제호는 소름이 돋았다.

'진짜 엽이다!'

걸레짝이 된 갑옷의 파손 상태가 지저 괴물들에게 당한 게 틀림없는 형태였다.

그 시절 던전에서 목숨 걸어본 베테랑 초인은 한눈에 알아볼 수 있었다. 저건 괴물과 사투를 벌인 흔적이 맞다.

─보시다시피 서문엽 씨로 추정되는 던전 귀환자가 광화문 광장에 나타났다고 합니다.

수만 관중들이 충격에 술렁였다.

한국 대표 팀 선수들은 물론, 프랑스 대표 팀까지도 놀란 얼굴이었다.

─다시 알려 드립니다. 서문엽 씨가 살아 돌아왔습니다.

17년이나 늦었지만 살아 있었습니다.

충격에 이성이 날아갔다.

다음 순간, 백제호는 경기장 밖으로 뛰쳐나가고 있었다.

어찌나 마음이 급한지 자신의 초능력인 순간 이동을 쓸 생각도 못한 채, 백제호는 지하 주차장에 세워진 차에 올라탔다.

'말도 안 돼, 거기서 어떻게 살아 돌아와?'

통제에서 벗어나 미쳐 날뛰는 괴물 떼를 백제호도 보았다.

그 공포.

그 절망.

그 속으로 서문엽은 뛰어들었다.

지금도 악몽으로 꾸고 있는 또렷한 기억. 깨어나면 다 지나간 일이라 다행이라고 안도한다. 17년이나 세월이 지났는데도 여전히 말이다.

그런 곳에서 살아 돌아올 수 있을 리가 없지 않은가.

하지만 서문엽은 언제나 기적을 만드는 남자였다.

'혹시나 엽이라면……!'

누군가가 장난친 날조일지도 모른다는 생각이 절반 이상이었다.

그러나 혹시나 하는 희망이 차올랐다.

*　　　*　　　*

"커억!"

날카롭게 후벼 파는 격통에 사내는 비명을 토했다.

고통이 잠들어 있던 정신을 깨웠다.

눈을 떴을 때 가장 먼저 보인 것은 병실의 하얀 천장.

자신의 팔에 연결된 링거.

그리고 황급히 달려왔는지 숨을 몰아쉬고 있는 하얀 가운의 의사들.

"서문엽 씨, 정신이 드십니까?"

서문엽.

자신의 이름을 듣자 비로소 몽롱했던 정신이 맑아지기 시작했다.

주위를 둘러보며 상황을 파악했다.

"병원?"

"네, 한국대학병원입니다."

"…어떻게?"

"예? 그러니까 구급차로……."

"어떻게 내가 살아 있지?"

간신히 긴 질문을 입 밖에 꺼내는 데 성공한 서문엽.

이에 대답할 수 있는 의사는 아무도 없었다.

그들이야말로 묻고 싶었다.

죽은 줄 알았는데 어떻게 살았냐고.

왜 이제야 돌아왔냐고.

*　　　*　　　*

태어나서부터 운이 없었다.

좋은 보육원도 많다던데, 하필 그가 아기 때 맡겨진 곳은 지옥이었다.

원장에게 수시로 얻어맞았고, 아이들도 원장을 닮아서 남 괴롭히길 즐겼다.

다행히도 서문엽은 강한 기질을 타고났다.

당하지 않기 위해서 남보다 더 독해지고 잔인해졌다.

초인으로 각성한 것은 13살 때의 일이었다.

초인으로 각성하자마자 보육원에서 나왔다.

몸이 튼튼해진 덕에 산속에서 노숙을 해도 끄떡없게 되었다.

초인들 사이에 끼어 던전 공략에 참가하려고 노력했다.

던전 공략에는 끼지 못했지만 초인 어른들이 이것저것 잔심 부름을 시키고 용돈을 주었다.

당시 인류의 존립을 위해 싸우던 초인들이 미래를 위하여 어린 신참을 도와주는 풍조가 있었던 덕이었다.

정확히 1년 뒤, 원장에게 복수했다.

쉬웠다.

멀리 숨어서 돌을 던져 맞췄다.

살해 혐의를 받는 걸 피하기 위해 1년이나 참고 기다린 복수였다.

그 강렬한 복수의 경험이 서문엽에게 첫 번째 초능력 '던지기'를 주었다.

물건을 던져 비거리와 속도를 조절할 수 있는 초능력이었다.

초능력을 각성하자 비로소 던전 공략에 낄 수 있었다.

비록 어렸지만 서문엽은 요령 습득이 빨랐다.

매사에 신중하게 상황을 살피고 분석했다.

그런 철두철미한 습관이 두 번째 초능력 각성으로 이어졌다.

분석안.

이것이야말로 서문엽을 세계 최고의 초인으로 만들어준 초능력이었다.

살아 있는 모든 생명체를 분석할 수 있는 눈.

이것으로 서문엽은 던전 공략의 선구자가 되었다.

어떤 지저인이든 괴물이든 분석안으로 능력치와 특징을 찾아내고 공략했다.

어린 나이에 던전 공략을 이끄는 베테랑 리더가 되었다.

하지만 그와 반대로 서문엽의 일상생활은 엉망이었다.

정상적인 인생을 살지 못했던 서문엽은 성격에 문제가 있었다.

누군가와 관계를 길게 이어나가지 못했다. 우정이든 사랑이든 늘 파탄으로 끝이 났다.

오직 던전뿐이었다.

죽음이 도사리는 그곳에서만이 서문엽은 빛났다.

그런 고독한 삶에 변화가 찾아온 것은 20살 때의 일이었다.

"절 제자로 받아주세요!"

백제호라는 신참 초인이 찾아와 한 말이었다.

나이는 서문엽보다 1살 연상이나, 곱게 자란 티가 풀풀 나는 애송이였다.

'뭐지, 이 찐따는?'

이런 식으로 찾아오는 어린 초인들은 많았지만 늘 쫓아냈던 서문엽이었다.

하지만 이번에는 그럴 수 없었다.

분석안에 보이는 백제호의 잠재력이 엄청났기 때문이었다.

'이 정도 잠재력을 가진 경우는 나 말고는 처음인데.'

평소처럼 그냥 떠나보내기에는 아까운 재능.

한번 키워볼 만하다고 여겼다.

서문엽은 백제호를 데리고 다니며 이것저것 혹독한 가르침을 내렸다.

백제호는 아무리 힘들어도 꾹 참고 따랐다.

이상한 녀석이었다.

한마디로 정의하자면 요령 없는 모범생. 서문엽이 난생처음 본 올곧은 인간이었다.

지시를 어기는 법이 없었고, 사적으로도 성격에 모난 서문엽을 이해하고 잘 배려했다. 결국은 가장 친한 친구가 되었다.

던전 업계에서 서문엽의 명성은 점점 커져갔다.

한 번은 정부에서 공략 불가로 판정해 접근 금지시킨 던전을 무단으로 들어가 공략해 버린 일이 있었다.

전 세계가 발칵 뒤집힌 사건이었다.

분석안의 효능에 백제호라는 든든한 동료까지 더해져, 누구도 못했던 위업을 해낸 것.

"서문엽 씨! 그 던전을 어떻게 공략할 수 있었던 겁니까?"

"공략 불가 판정을 받은 던전은 어땠나요?"

"서문엽 씨!"

기자들이 벌 떼처럼 모여들어 서문엽의 이름을 불렀다.

"서문엽 씨, 최근 정치권에서 사회적 위협이 될 수 있는 초인을 통제할 법안이 나와야 한다는 의견이 있는데 이에 대해 어떻게 생각하시나요?"

서문엽은 대답 대신 카메라를 향해 가운뎃손가락을 세워 보였다.

그때 나이 23세.

서문엽의 신화가 시작된 순간이었다.

그때부터 세계 각지의 공략 불가 던전을 깨기 시작했다. 세계 각국 정부가 거액을 기꺼이 지불하고 서문엽을 불렀다.

모든 면에서 최고다.

서문엽은 던전에서 태어난 듯한 인간이다.

서문엽과 함께 던전에 들어갔던 초인은 누구나 엄지를 추켜세웠다.

인류가 지저 문명에게 위협받던 시기, 서문엽은 세계 최고의 VIP였다.

그러던 중, 험난한 서문엽의 인생에 또 한 번의 변화가 생겼다.

친구 백제호의 결혼이었다.

상대는 한승희라는 여자였는데, 같은 초인이지만 던전과는 거리가 먼 귀한 집 딸이었다.

인간 불신에 차 있던 서문엽이 봐도 심성이 곱고 좋은 여자였다.

두 사람은 곧 딸도 낳았다.

단란한 가정.

좋은 아버지와 좋은 어머니, 귀여운 딸.

서문엽이 한 번도 가져보지 못했던 화목한 가족의 모습이었다.

자주 백제호 부부의 초대를 받아 밥을 얻어먹고 딸을 구경했다.

부부를 닮아 예쁜 딸 백하연은 아장아장 걸으며 서문엽을 '삼촌'이라고 불렀다.

그 아이를 보고 있노라면 절로 미소가 나오는 것이었다.

그것은 일종의 대리 만족이었다.

자신은 가질 수 없는 행복한 가족을 보며 만족해하는, 서문엽의 일생에서 가장 행복한 시기였다.

하지만 인류는 그를 필요로 했다.

서문엽은 다시 전장에 나서야 했다.

한승희가 눈물로 떠나는 남편을 배웅하며 서문엽에게 당부했다.

"저희 남편을 잘 부탁드려요."

"걱정 마세요."

그 약속은 지켜지게 된다.

인류는 마침내 전쟁을 종식시킬 만한 한 방의 해법을 찾았다.

바로 지저 문명의 근간을 이루는 최후의 던전을 발견한 것이다.

UN이 서문엽에게 최후의 던전 공략을 의뢰했다.

그리고 서문엽은 그 유명한 공략 조건을 제시했다.

"움직임을 들키지 않고 던전 내에서 활동할 수 있는 팀 규

모는 저를 포함하여 7인입니다."

그 말에 세계 각국에서 최고의 실력자들이 집결했다.

서문엽은 그중에서 고르고 골라 6명을 선발했다.

그것이 '7영웅'이었다.

백제호까지 포함된 7인이 결성되자 공략이 시작되었다.

그리고……

최후의 던전을 지탱하는 모든 마력 코어를 파괴하고 탈출하던 중.

지저인의 통제에서 벗어나 미쳐 날뛰는 괴물들이 바짝 뒤쫓아오고 있었다.

누군가 하나는 남아서 시간을 벌어야 했다.

가족이 없으며.

죽는다 해도 누구 하나 슬퍼할 사람이 없는 자……

'나구나.'

서문엽은 웃었다.

남편을 잘 부탁한다는 한승희의 당부가 떠올랐다.

귀여운 조카 하연이.

아빠가 죽으면 그 사랑스러운 아이가 얼마나 펑펑 울까.

"너희들 말이야."

걱정하지 마렴.

"돌아가면 내 위인전 한 권씩 써라."

그리고 죽음을 향해 뛰어들었다.

그때부터는 이미 살기를 포기했다.

무아지경이 되어서 싸웠다.

여기저기 다쳤지만 강렬한 아드레날린으로 고통이 마비되었다.

자신의 죽음을 목전에 둔 기분!

죽을 것 같은데.

고통이 마비되고 어느덧 귀도 들리지 않는데.

눈만 감으면 숨이 끊어질 것 같은데!

그래도 조금만 더 살자!

아주 조금만 더 싸우다 죽자!

어차피 죽으면 영원히 쉬게 될 테니까.

아무리 힘들어도 약간만 더 싸우자.

그러한 삶의 미련이 서문엽에게 계속 초인적인 힘을 주었다.

서문엽은 그야말로 미친 듯이 싸웠다.

어느 순간부터는 눈도 보이지 않았다.

시각도 청각도 마비되었는데, 서문엽은 본능에 몸을 맡겨 계속 싸웠다.

기운이 모두 떨어져 창과 방패를 쥔 두 팔이 올라가지 않았다.

'이제 죽는구나.'

마지막이다 싶어서 서문엽은 냅다 앞에 있는 괴물을 잡히

는 대로 끌어안고 절벽 아래로 뛰어내렸다.

그것은 아주 확실한, 자신의 죽음에 대한 기억이었다.

서문엽은 그렇게 죽었다.

아니, 죽었다고 확신했었다.

*   *   *

눈을 떴을 때 병실의 하얀 천장이 눈에 들어왔다.

팔에 연결된 링거도 보였다.

날카로운 격통이 온몸의 부상 부위에서 느껴졌다.

'병실?'

대화면 TV을 비롯하여 고급스러운 인테리어를 보니 VIP 병실인 듯했다.

'내가 왜 살아 있지?'

7영웅의 리더.

인류를 구원한 초인.

서문엽은 의문을 느꼈다.

무너지는 최후의 던전에서, 괴물들에게 둘러싸인 만신창이의 자신을 누가 구해준단 말인가?

'제호가 날 구출해 줬나?'

같은 7영웅 멤버이자 친구인 백제호를 떠올렸다.

하지만 이내 고개를 저었다.

'아무리 제호라도 그럴 겨를이 없었어.'

혼란스러웠다.

죽었어야 했을 자신이 이렇게 살아 있다니.

혹시 여기가 저승 아닐까?

혹은 영화처럼 이미 죽었는데 죽은 줄을 인지 못 하는 유령이라거나.

'이럴 땐 확인할 수 있는 좋은 방법이 있지.'

서문엽은 화장실로 들어가 거울을 보았다.

'분석안.'

서문엽은 자신의 '초능력'인 분석안을 펼쳤다.

분석안은 살아 있는 대상이라면 자기 자신도 분석할 수 있다는 장점이 있었다.

─대상: 서문엽(인간)

─근력 79/79

─민첩성 97/97

─속도 76/77

─지구력 91/91

─정신력 110/100

─기술 100/100

─오러 100/100

─초능력: 분석안, 던지기, 불사

세계 최고의 초인이라는 수식어가 아깝지 않은 아름다운 능력치였다.

자신의 재능이 어디까지인지를 정확히 알기 때문에 한계까지 혹독하게 스스로를 단련할 수 있었다.

일단 분석안이 통하니 자신은 죽은 게 아니었다.

그런데 이상한 점이 2가지나 있었다.

'뭐야, 이건?!'

―정신력 110/100

잘못 본 게 아니다.

재능의 한계는 100인데 현재 수치가 110.

'한계를 뛰어넘었다고?'

처음 있는 일이었다.

게다가 100은 인간이 가질 수 있는 최대치.

100을 넘으려면 인간의 한계를 초월해야 하는데, 그게 가능하면 '한계'라 부르지도 않는다.

'설마, 죽을 때까지 싸웠던 그 사투 때문인가?'

분명 그때 생사를 넘나드는 혈투를 벌였다.

깜빡 졸다 깨기를 반복하듯, 생과 사의 고비를 넘나들며 악착같이 싸웠다. 1초라도 더 살겠다는 마음으로.

그 경험이 110이라는 말도 안 되는 정신력을 준 것일까?

그런데 그보다 더 놀라운 점이 있었다.

―초능력: 던지기, 분석안, 불사

자신이 모르는 초능력이 하나 더 추가되어 있었다.

'불사라니?'

분석안이 더 집중적으로 발동되면서 불사라는 초능력을 조사했다.

―불사(초능력): 물리적 충격에 의한 죽음에 면역을 가진다.

'미치겠군. 물리적 충격으로 죽지 않는다니.'

이런 사기적인 초능력은 처음 보았다.

초능력은 특별한 계기에 의해 각성되는데, 아무래도 그 사투 때문인 듯했다.

그렇다면 지금의 상황이 설명 가능했다.

'불사' 덕에 괴물들에게서 살아남았다.

그러나 정신은 잃었고, 최후의 던전이 무너졌다.

붕괴되면서 일어난 거대한 오러의 파동이 우연히 귀환석과 같은 효과를 일으켰다면?

'그럼 내가 지상으로 돌아온 것도 설명이 되지.'

보통은 그 거대한 오러의 파동에 견딜 수 있을 리 만무하지만, 물리적 충격에 죽지 않는 '불사' 덕에 목숨을 건졌다.

'다소 억측 같지만 이 정도가 현재 추론할 수 있는 최선이지.'

어쨌거나 살아 있으니 기분은 좋았다.

여분의 인생이 덤으로 더 주어졌으니까.

하지만 그때도 서문엽은 17년이라는 세월이 흘러 있다는 사실을 알아차리지 못했다.

*　　　*　　　*

중요한 사실을 알게 된 것은 간호사를 통해서였다.

"깨어나셨나요, 환자분?"

"예, 오늘이 며칠입니까?"

그 물음에 왠지 간호사는 흠칫했다.

"12월 23일이에요."

"제가 8개월이나 누워 있었다고요?"

4월 초에 최후의 던전에 돌입했고, 최후의 던전에 체류한 기간은 일주일이다.

회복력이 좋고 강건한 초인이 8개월이나 혼수상태였다는 것은 상식적으로 말이 안 됐다.

"저기, 환자분……."

젊은 간호사는 안절부절못했다.

"뭡니까?"

어째 분위기가 심상치 않았다.

"오늘이 그러니까……."

"똑바로 말 좀 해봐요."

짜증이 난 서문엽이 채근했다.

눈치를 보던 간호사는 결국 고백했다.

"오늘은 2021년 12월 23일이에요."

"네, 근데 그게 뭐 어쨌다는… 네?"

2021년?

"오늘은 2021년이에요. 한 주가 더 지나면 2022년이고요."

"그게 무슨 소립니까?"

불과 며칠 전까지만 해도 2004년에 살고 있었던 서문엽은 충격을 받았다.

"최후의 던전에 들어가신 지 17년이나 흘렀는데, 기억나시는 게 전혀 없으세요?"

"…없습니다. 제 입장에서는 며칠 전까지만 해도 2004년이었습니다."

"이걸 보여 드릴게요."

간호사가 PDA를 닮은 얇고 세련된 전자 기기를 꺼냈다. 2004년 사람인 서문엽이 스마트폰을 알 리 없었다.

전자 기기에서 재생되는 유튜브 영상 하나.

─진짜 퍼포먼스 아냐?

　─다 죽어가잖아!

　혼란에 휩싸인 사람들.

　그리고 그 틈바구니에 쓰러져 있는 서문엽 자신의 모습이
보였다.

　"이게 어제 영상이에요."

　그 말에 더 혼란스러워진다.

　"17년이 지났다면서요? 그런데 제가 어제 발견됐다고?"

　"네, 그래서 바깥도 지금 난리인데……."

　"거울 좀."

　"화장실 안에 있어요."

　서문엽은 VIP 병실에 딸린 화장실로 달려가 거울을 확인했
다.

　거울 속에 비친 남자의 얼굴은 약 20대 초반 정도.

　실제 나이는 서른이지만 초인은 잘 늙지 않으므로 딱 적당
한 얼굴이었다.

　하지만 초인이 아무리 동안이어도, 47세에까지 이런 어린
얼굴을 유지할 리는 없었다.

　'하나도 안 늙었는데?'

　몸 상태를 봐도 마찬가지였다.

47세였다면 몸이 노쇠해져 능력치가 하락했을 텐데, 현재 분석안으로 본 서문엽은 전성기였다.

그렇다면…….

'설마 시공 왜곡인가?'

던전에서 귀환하는 과정에서 시간과 공간에 살짝 왜곡이 발생하는 경우가 종종 있었다.

하지만 그것도 길어야 며칠 수준의 오차에 불과했다.

지금처럼 17년짜리 시공 왜곡은 터무니없었다.

'최후의 던전이 붕괴된 충격파 때문에 왜곡이 더 커진 건 가?'

지금으로서는 그렇게 해석할 수밖에 없었다.

아무튼 17년이나 지난 세계라면 많은 문제가 생긴다.

"제 재산은 다 유언대로 처분됐겠네요."

"네, 전부 기부하셨다고 들었어요."

유언장에 세이브 더 칠드런에 모조리 기부하겠다고 써놓은 게 떠올랐다.

"젠장."

이미 좋은 일에 쓰였을 재산을 다시 달라고 할 수도 없는 노릇.

"집도 차도 없구나. 하하."

허탈해졌다.

간호사가 냉큼 설명했다.

"환자분께서 사시던 집은 박물관으로 꾸며졌어요. 차는 경매로 팔렸고요."

"박물관에서 살 수는 없으니 꼼짝없이 홈리스로군."

어이없어서 투덜거리는 말에 간호사가 화들짝 놀라 소리쳤다.

"설마요! 어떻게 서문엽 씨를 그렇게 방치하겠어요!"

"됐습니다. 그보다 혹시 백제호에게 연락 가능합니까?"

"네, 어제 잠시 병원에 왔다 가셨는데 연락처를 남겨놓으셨어요."

백제호가 소식을 듣고 급히 병원에 달려왔던 모양이다.

우정은 17년 사이에 변한 것 같지 않아 다행이었다.

"연락해 주세요. 옷하고 핸드폰 좀 가져오라고 하고요."

"네."

"제호 외에 모든 방문을 거절하겠습니다."

*   *   *

한국대학병원은 난리 통이었다.

기자들이 쫙 깔렸고, 심지어 시민 단체까지도 병원 앞에서 시위를 벌이고 있었다.

"서문엽 씨!"

"정말 서문엽 씨가 맞습니까?"

"우리에게 영웅의 모습을 보여달라!"

"한국 병원은 서문엽 씨를 공개하라!"

"사기 치는 거 아냐?!"

"우리에게는 알 권리가 있다!"

하도 소란스러워서 병실 안까지 다 들렸다.

'기자는 그렇다 치고, 저 병신들은 왜 시위를 하는 거야?'

까닭 없이 병원 앞에서 시위를 하는 시민 단체를 보며 든 의문이었다.

창문을 닫고 커튼을 쳐도 소음이 여전했다.

정신 사나워서 TV도 보지 않았다. 보나 마나 온통 자신 얘기뿐일 테니까.

병문안 요청도 빗발쳤다.

병원장이나 각종 정치인 등등.

계속 거절하다가 짜증이 치밀어서 간호사한테 쌍욕을 했다. 같은 말을 계속하게 만든다는 이유였다. 그 뒤로는 병문안 요청으로 귀찮게 하는 일이 없었다.

'안 그래도 귀찮아 죽겠는데 정치인 나부랭이 따위가 지랄이야.'

옛날 같았으면 자신 앞에서 고개도 못 들던 놈들.

옛날이라고 해봤자 서문엽에게는 불과 며칠 전이었다. 아무도 못 건드리는 세계 최고 VIP의 지위 말이다.

그렇게 정신없이 반나절을 보낸 무렵이었다.

"엽아."

저녁때쯤 마침내 기다렸던 손님이 찾아왔다.

조금 변했지만 백제호의 목소리였다.

"제호냐?"

"그래."

"들어와."

병실 문이 열리고 백제호의 모습이 드러났다.

마침내 재회한 두 친구.

백제호는 예상대로 많이 변해 있었다.

노화가 더디고 체지방이 안 쌓이는 초인의 체질상 크게 나이 든 모습은 아니었다.

하지만 얼마 전에 최후의 던전에서 젊은 백제호와 동고동락했었기 때문에 얼굴에 보이는 잔주름 등 확연한 노화가 보였다.

자신에게 없는 17년이 친구에게 있었음을 알 수 있는 모습이었다.

무엇보다 분석안을 통해 보이는 능력치도 크게 하락되어 있었다.

―대상: 백제호(인간)

―근력 55/70

―민첩성 79/100

―속도 80/99

―지구력 55/69

―정신력 83/90

―기술 52/70

―오러 69/72

―초능력: 순간 이동

"많이 약해졌네."

서문엽이 먼저 꺼낸 말이었다.

"평화로웠으니까."

백제호는 어색하게 웃으며 대꾸했다.

확실히 최후의 던전에서 함께 싸웠던 서문엽의 입장에서는 하루아침에 약해진 걸로 보일 수밖에 없으리라.

'내가 재능을 다 채우게 하려고 얼마나 굴렸는데.'

톱클래스급의 민첩성과 속도, 그리고 기동력을 배가시키는 초능력 순간 이동.

좋은 전술 옵션으로 키우기 위하여 서문엽이 백제호에게 쏟은 노력은 상당했다.

그랬는데 하루아침에 다 하락한 걸 보니 괜스레 짜증이 났다.

하기야, 이제 쓸 일이 없는 능력이니 부질없었다.

백제호는 가까이서 서문엽을 바라보았다.

어느새 그의 눈시울이 붉어졌다.

"정말 너 맞구나."

"오냐."

"엽아!"

백재호가 서문엽을 와락 끌어안았다.

"징그러워, 인마. 늙어가지고는."

"너도 나이 들어봐라. 눈물만 많아져."

서문엽은 피식 웃었다.

친구의 죽음을 뒤로하고 떠나야 했던 백재호의 입장에서는 그간의 회한이 남달랐을 것이다.

두 사람은 한동안 어떻게 지냈는지 이야기를 했다.

"그때 했던 약속 기억나?"

"무슨 약속?"

"위인전."

"아, 그거."

서문엽은 푸하하 웃었다.

"진짜 썼어?"

"응, 대필 작가 불러서. 판타지 소설 쓰던 사람이더라."

"오, 그럼 막 알에서 태어나는 장면으로 시작하려나?"

두 사람은 낄낄거렸다.

이야기를 들어보니 지난 17년간 백재호는 아주 잘 지낸 듯했다.

UN으로부터 막대한 포상금도 받았고, 세금 면제 혜택도 받았다.

절대적인 국민의 신망을 등에 업은 탓에 하는 사업마다 잘 됐다.

심지어 서문엽의 업적을 기리기 위한 다큐 영화를 제작했는데, 돈 버릴 각오로 어마어마한 비용을 투입했음에도 오히려 천만 관객을 동원하여서 대박을 터뜨렸다.

우스갯소리로 광화문에 동상 세워진 3인은 소재로 삼으면 무조건 대박이라는 말이 나왔다.

"다큐에 전기 영화에 아주 난리 났네. 정작 난 돌아와 보니 무일푼이구만."

"돈이 뭐 중요하냐. 내가 있는데."

백제호가 서문엽을 위로했다.

백제호도 알고 있었다. 중요한 것은 재산이 아니라 서문엽의 마음속 뿌리 깊은 외로움이라는 것을.

심지어 세상이 17년만큼 낯설어졌으니 더더욱 친구인 자신의 역할이 중요하다고 여긴 백제호였다.

"그래서 지금은 뭐 하는데?"

서문엽의 질문에 백제호는 쓴웃음을 지으며 말했다.

"감독."

국가 대표 팀을 생각하니 좋았던 기분이 확 가라앉았다.

"감독?"

"그런 게 있다. 천천히 설명할게."

지금은 서문엽의 기분이 심란한 상태이니 배틀필드에 대한 이야기는 나중에 하기로 했다.

"그래, 일단 너희 집에서 신세 좀 지자."

"신세는 무슨."

두 사람은 함께 일어났다.

백제호가 챙겨 온 옷으로 갈아입고 핸드폰도 받았다.

"이게 스마트폰이냐?"

서문엽은 스마트폰을 신기해했다.

"응. 그냥 폴더 폰을 살 걸 그랬나?"

"아냐. 이거 써볼래."

"그래, 젊은 놈이 어르신 쓰는 효도 폰 쓰는 거 아냐."

"네가 젊은 놈이라고 하니까 좀 기분 이상해진다."

"이상할 게 뭐 있어? 내가 너보다 18살이나 많은데."

"그래그래, 얼른 가자, 늙은이."

병원비는 백제호가 이미 다 결제한 상태였다.

병실을 나서자 시선이 집중되었다.

"진짜 서문엽이다."

"어머, 세상에."

"백제호랑 같이 나왔어."

"둘이 친구니까."

출입 통제로 기자들은 없었지만, 다른 병실의 환자 가족들

이 수군거리며 두 사람을 구경하고 있었다.

번잡한 엘리베이터를 피해 계단으로 한달음에 뛰어 내려가 지하 주차장에 도착.

거기서 백제호의 차량 인근에 몰래 잠복해 있던 기자들과 맞닥뜨렸다.

찰칵! 찰칵!

"서문엽 씨! 친구와 재회하셨는데 심경 한 말씀 좀!"

"서문엽 씨! 기적적으로 생환하셨는데 기분이 어떠십니까?"

터져 나오는 플래시에 눈살을 찌푸린 서문엽.

백제호가 말릴 틈도 없이 그의 입이 열렸다.

"너희 때문에 좆같다."

폭언에 기자들은 얼어붙었다.

백제호는 아차 하고 한숨을 푹 쉬었다. 서문엽은 언론이나 정치가를 상대로 한 번도 말을 조심해 본 적이 없었다.

"자자, 빨리 타자, 타."

더 사고를 치기 전에 백제호가 차 문을 열고 서문엽을 억지로 밀어 넣었다.

뒤따라 타고는 시동을 걸었다.

―목적지를 말씀해 주세요.

"집."

─자동 주행을 시작합니다.

검은색 세단이 유유히 나아가기 시작했다.
서문엽은 눈이 휘둥그레졌다.
"자동 주행?"
"지금은 2021년이다, 친구야."
"엔진 소리도 되게 조용한데?"
"전기 차거든."
"헐."
"그보다 뭐 하러 그런 소릴 해. 그냥 아무 말 말지."
"뭐 어때."
서문엽은 전혀 대수롭지 않다는 태도였다.
백제호는 한숨을 푹 쉬었다.
"지금은 2004년이 아니야. 그때와 달리 넌 더 이상 안하무
인 해도 되는 절대 갑이 아니라고."
"그래그래, 이젠 쓸모없다 이거지. 쓸모만 없겠어? 집도 없
고, 돈도 없지."
그러고는 '내 집은 박물관'이라는 이상한 노래를 지어 불렀
다.
백제호는 혀를 쯧쯧 찼다. 철딱서니 없는 건 17년 만에 다
시 봐도 여전했다.

'필요가 없긴 왜 없어.'

막장으로 떨어진 배틀필드 국가 대표 팀을 생각하면 서문
엽의 존재가 절실했다.

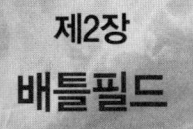

제2장

배틀필드

집으로 가는 길은 심심할 겨를이 없었다.

서문엽은 스마트폰이라는 신세계에 푹 빠졌다.

원래 기계치는 아니었기 때문에 곧잘 사용했다.

얼마 안 있어 마켓에서 게임을 내려받아 열심히 하게 되었다.

"아오! 더럽게 안 맞네."

앵그리 버드를 하며 투덜거리는 서문엽의 철없는 모습에 백제호는 한숨을 쉬었다.

'저렇게 보니 정말 나이 차이가 나는구나.'

48세의 백제호.

그리고 47세지만 실제 나이는 30세에 불과한 서문엽.

이 나이 차이를 극복하고 예전처럼 마음이 잘 맞는 친구로 남을 수 있을지 살짝 걱정됐다.

서문엽의 친구가 자신밖에 없기에 일종의 의무감이 있는 백제호였다.

한참 앵그리 버드를 하던 서문엽은 질렸는지 다른 게임을 설치했다.

던전 크래시라는 게임이었는데, 페이지에 접속하자마자 젊은 여성 모델이 메인에 있는 광고 페이지가 나타났다.

섹시한 여자 초인 콘셉트의 모델.

아찔한 몸매가 돋보이는 검은색 배틀 슈트와 금방이라도 전투에 임할 것 같은 카리스마 있는 눈빛까지.

서문엽은 여성 모델을 보며 감탄했다.

"와, 몸매 죽인다. 다리 봐봐."

그런데 백제호는 호응은커녕 움찔했다.

서문엽은 그런 백제호의 반응을 알아차리지 못하고 계속 말했다.

"이 여자 누구지? 잘 단련된 몸인데 진짜 초인인가? 눈빛 개섹시하다."

이윽고 백제호가 참지 못하고 한마디 했다.

"내 딸이야."

"……!"

서문엽은 석화 광선을 맞은 것처럼 굳었다.

이내 피식 웃었다.

"오, 농담이 많이 늘었다?"

하지만 백제호는 묵직한 침묵으로 일관했다.

서서히 서문엽의 안색도 심각해졌다.

"진짜냐?"

고개를 끄덕이는 백제호.

"이게 하연이라고?"

"그래."

재차 확인한 서문엽은 동공이 지진 난 것처럼 흔들렸다.

최후의 던전에 돌입하기 전에도 6살짜리 어린 조카 백하연을 봤다.

삼촌, 삼촌, 하며 아장아장 걸어오는 게 얼마나 귀엽던지.

그랬던 조카가 이제는 23살로 서문엽과 불과 7살 차이였다.

"제, 제수씨 닮았네. 되게 예뻐졌다."

"그만해."

마지못한 백제호의 한마디에 서문엽은 고개를 숙였다.

"미안."

"…아니다."

모바일 게임은 당연히 삭제했다.

*　　　*　　　*

―목적지에 도착했습니다.

마침내 백제호의 집에 도착했다.

궁궐이라 해도 될 정도의 호사스러운 저택이었다.

앞뜰은 연못과 꽃이 있는 정원, 뒤뜰은 아예 숲이 가꿔져 있었다.

5층짜리 으리으리한 본채는 서문엽도 알고 있는 익숙한 건물이었다.

하지만 그 오른편에 건물 한 채가 더 있었다.

"저건 새로 지은 건물이냐?"

"어, 손님용으로 별채를 지었지."

"거의 기숙사네. 손님을 무슨 한 부대 받을 거냐?"

못 본 사이에 더 호사스러워진 저택의 위용에 서문엽은 감탄했다.

좋은 집안에서 태어나 예쁘고 착한 아내와 결혼하고 본인도 7영웅의 한 사람으로 부귀영화를 거머쥔 백제호의 성공한 인생을 대변해 주는 듯한 저택이었다.

'생각해 보니 난 가진 게 하나도 없잖아?'

그렇게 생각하니 조금 울컥할 찰나였다.

"엽이 씨!"

저택 본채에서 한 여성이 문을 열고 나왔다.

바로 백제호의 아내 한승희였다.

올해로 무려 52세.

초인이라서 그런지 아직도 젊고 예뻤지만, 역시나 17년의 세월이 지난 흔적이 얼굴에서 보였다.

"정말 살아 계셨네요! 너무 오랜만이네요."

"예, 전 일주일 만에 다시 뵙네요."

"어머머! 저 일주일 만에 확 늙었죠?"

민망해하는 한승희에게 서문엽이 웃으며 대꾸했다.

"정말 일주일 만에 뵙는 줄 알았어요."

"호호호, 거짓말."

빈말이라도 싫지 않은지 눈을 흘기며 웃는 그녀였다.

"엽이 씨 배고프시겠다. 어서 들어가요."

"그러죠."

세 사람은 함께 집 안으로 들어갔다.

*　　　*　　　*

세계는 서문엽의 생환으로 들끓었다.

한때 인류의 존망을 위협했던 지저 문명은 아직도 풀리지 않은 수수께끼가 많아 여전히 큰 관심사였다.

그 전쟁의 중심에 있었던 서문엽의 귀환은 단연 모든 사람의 관심을 독차지했다.

인류를 구했으며 동료를 위한 희생까지, 영웅의 모든 조건을 섭렵한 전설적 인물의 충격적 생환이니 오죽했을까.

심지어 그 서문엽은 17년의 시공을 초월했다.

며칠 전까지만 해도 최후의 던전에 있다가 지금 막 귀환한 상태.

7영웅 중 유일하게 초인으로서 가장 팔팔한 전성기였다.

네티즌의 궁금증은 폭발했고, 같은 내용을 중복한 기사도 조회 수가 하늘을 찔렀다.

〈서문엽, 같은 7영웅 백제호 씨의 자택으로〉
〈두 영웅 17년 만의 재회〉

백제호의 집으로 함께 차 타고 들어가는 모습도 전 세계에 생중계되고 있었다.

그야말로 살아 숨 쉬는 뉴스 특보였다.

취재 중에 서문엽이 기자들에게 폭언을 한 해프닝도 있었지만 그것이 기사화되는 일은 없었다.

세종대왕, 이순신 장군과 함께 광화문 광장에 동상이 세워진 사람을 건드릴 간 큰 언론은 없었다.

하지만 그런 뜨거운 화제 때문에 피해를 보고 있는 사람이 있었다.

"왜 채널마다 죄다 내 얘기야. 볼 게 없네."

바로 서문엽 본인.

거실에서 TV를 보던 그는 리모컨을 조작하며 투덜거렸다.

"호호, 그만큼 엽이 씨를 좋아하기 때문이죠. 안 기뻐요?"

사과를 깎아 주며 함께 TV를 보던 한승희가 말했다.

"좋아하긴 뭘요. 다 허상 좇는 거지. 광화문에 세워진 동상 같은 거요."

그 말에 한승희는 미소를 지으며 물었다.

"자기 모습을 온전히 보여주는 게 두려우신 거예요?"

그 물음에 잠시 흠칫한 서문엽이었지만, 이내 천연덕스럽게 대꾸한다.

"웬 철학적인 척이에요? 상담사인 줄."

한승희는 깔깔 웃으며 그의 어깨를 한 대 때렸다.

"근데 제호는 무슨 일을 하러 간 거예요? 무슨 감독이라던데."

백제호는 서문엽을 데려온 뒤 바로 일하러 떠난 뒤였다.

집에는 고용인 몇 사람 말고는 두 사람뿐이었는데, 덕분에 집에서 같이 놀 사람 생겼다고 좋아하는 한승희였다.

"아직 모르시는구나?"

"예. 영화감독이라도 된답니까?"

깔깔 웃은 한승희가 답했다.

"국가 대표 감독이에요."

"국가 대표?"

"네, 배틀필드라는 스포츠 아세요?"

서문엽은 잠시 생각해 본 뒤에 답했다.

"정황상 초인들이 하는 스포츠인가 보죠?"

"맞아요."

던전이 사라지면 초인들이 단체로 실직자가 되리라 짐작은
했다.

아마도 던전 산업을 대체하기 위해 배틀필드라는 스포츠가
탄생한 모양이었다.

그러다가 문득 뭔가가 떠오른 서문엽이 다시 물었다.

"하연이도 배틀필드 선수죠?"

"어머, 아시네요?"

"네, 게임 광고 모델인 걸 봤어요."

당연히 눈빛이 개 섹시했다는 말은 생략했다.

"호호, 부녀가 나란히 국가 대표랍니다. 대단하죠?"

"와, 하연이도요?"

"네, 배틀필드가 뭔지 한번 경기를 보실래요?"

"그러죠. 근데 지금은 채널마다 다 제 특집 방송 중인데."

"기다려 보세요."

서문엽은 IPTV라는 개념을 알지 못했다.

그래서 한승희가 리모컨을 조작하여 지난 방송 VOD를 선
택하는 걸 보며 눈이 커졌다.

'나중에 못 본 방송들 다 몰아 봐야겠다.'

서문엽은 TV 중독자였다.

못 본 드라마와 영화 등이 17년어치 쌓여 있으니 당분간은 심심할 일이 없을 듯했다.

이윽고 한승회가 틀어준 방송은 바로 어제 열렸던 대한민국 대 프랑스의 국가 대표 A매치 경기였다.

1세트 경기.

서문엽은 주의 깊게 관찰하며 배틀필드에 대해 알아나갔다.

'최종 목적은 결국 상대 팀을 전멸시키는 거군.'

양 팀이 서로 다른 위치에서 던전 공략을 시작하지만, 결국 궁극적인 목표는 던전 공략이 아니라 상대를 전멸시키는 것이었다.

'근데 그런 것치고는 서로 안 싸우고 던전 공략에 열중하는데?'

던전을 돌며 각 지역마다 출몰하는 괴물들을 처치해 나가는 선수들.

사냥 속도가 굉장히 빠른 걸 보고 서문엽은 또 다른 추측을 할 수 있었다.

'괴물을 잡으면 포인트가 올라가는 모양인데?'

그리고 그 포인트를 모으면 게임처럼 더 강해질 수 있는 것으로 보였다.

그러니 저렇게 서둘러서 사냥을 하는 것이리라.

던전은 각 지역마다 보스몹이라고 할 만한 괴물이 있었다.

그 괴물을 처치하면 다량의 포인트를 얻고, 그 지역은 붕괴된다.

그렇게 양 팀이 사냥을 해나갈수록 던전은 외곽부터 점점 붕괴되어서 줄어들고 있었다.

그러다가 결국 중앙 지역에서 양 팀이 맞닥뜨렸다.

"어때요?"

한승희가 물었다.

"되게 못하네요."

서문엽은 짧게 감상을 남겼다.

"에이, 그거 말고요. 배틀필드 직접 선수로 뛰어보시면 재미있을 것 같지 않아요?"

"글쎄요. 던전은 이제 질려서요."

"……."

은근히 배틀필드를 권해보려던 한승희였지만, 서문엽은 불과 이틀 전에 최후의 던전에서 생사를 넘나든 몸이었다.

중앙 지역에서 격돌한 양 팀.

그리고 중앙 지역에 서식하는 최종 보스 괴물도 나타났다.

철갑 같은 단단한 껍질을 두른 거대한 뱀.

쩌억 벌린 입에서 날카로운 독니가 무려 수백 개나 가득 돋아 있는 흉악한 놈이었다.

'세르펜!'

재미있게도 저 가상 던전에서 출현하는 괴물들은 모두 실제로 존재했던 녀석들이었다.

한국, 프랑스, 세르펜이 얽혀서 삼파전이 벌어졌다.

경기 내내 한국이 프랑스를 피해 다녔는데, 아무래도 정면 대결보다는 지금처럼 복잡한 상황 속에서 변수를 노리려던 의도 같았다.

'실력이 달리니까 어쩔 수 없었겠지.'

한눈에 프랑스에 비해 한국 선수들이 형편없는 게 보였다.

각자의 무기와 초능력을 써가며 현란하게 싸웠지만, 결국 한국 팀이 맥없이 무너져 버렸다.

"와."

"재밌죠?"

"진짜 더럽게 약하네요. 나 혼자서 다 때려눕히겠다."

낄낄거리는 서문엽.

국가 대표라기에 얼마나 잘 싸우나 보려고 했더니, 아주 어린애 수준이었다.

'프랑스 애들은 쓸 만해 보였는데.'

그중 프랑스의 에이스는 17년 전이었다면 7영웅에 포함시켜도 될 수준이었다.

그에 비해 한국 대표 팀은 세월을 거꾸로 맞은 듯, 지저 전쟁 시절보다 퇴보해 있었다.

"저게 국가 대표냐. 감독이 누군지 얼굴 좀 보고 싶다."

그렇게 비아냥거리다가 옆에서 한승희가 째려보자 입을 꾹 다물었다. 감독은 물론 그녀의 남편이었다.

자중하려던 서문엽이었지만, TV 화면에 머리를 싸쥐는 백제호의 모습이 나오자 그만 푸하하 웃음보가 터져 버렸다.

한승희는 단단히 삐쳐 버렸다.

눈치를 보던 서문엽이 조심스럽게 위로를 건넸다.

"그, 그래도 하연이는 괜찮았어요."

자기 아버지를 닮아 날랜 백하연은 주 무기인 채찍을 자유자재로 휘둘렀다.

채찍이 물리 법칙을 벗어난 움직임을 보이는 걸 보니 초능력인 듯했다.

유전적으로 물려받은 순간 이동까지 2개의 초능력을 발휘하며 열심히 싸웠다.

"감독이 멍청해서 포지션을 잘못 정했을 뿐이지, 적성에 맞는 포지션으로 바꾸면 더 성장할 수 있어 보였어요."

대상을 직접 보지 않으면 분석안이 통하지 않지만, 분석안이 없어도 그의 안목이 어딜 가는 건 아니었다.

하지만 그건 위로가 되지 않았다.

또 감독 욕을 한 탓이었다.

*　　　*　　　*

"자, 얼굴 한번 보고 싶다던 감독 여기 있다."

일을 마치고 돌아온 백제호가 퉁명스레 말했다.

"제수씨가 일렀냐?"

"얄밉게 옆에서 계속 흉봤다며?"

"명장면은 네가 머리 싸쥐고 괴로워하는 모습이었어."

"어이고, 내 팔자야."

서문엽은 연신 얄밉게 낄낄거렸다.

"안 그래도 그 경기 때문에 협회 다녀왔다."

"드디어 잘렸냐?"

"아니, 사임하겠다고 했는데 오히려 붙잡더라."

"붙잡아? 널?"

"…친구야. 말을 하기 전에 네가 누구 집에서 신세 지는지 파악하자."

그러면서 감독직에 대한 어려움을 토로하기 시작한 백제호.

그는 나름대로 뭔가 해보려고 덤볐지만, 성과가 전혀 나타나지 않자 지쳐가던 즈음이었다.

감독직이 자신의 적성에 맞는 것 같지 않아 포기할 생각을 자주 했다고 한다.

"엽아, 네가 보기에는 어때 보였어? 경기 보니까 뭐가 문제 같든?"

"선수 개개인 역량이 허접한데 도리가 있겠냐?"

서문엽은 간단하게 진단했다.

사실 아주 본질적인 문제였다.

"조직력이니 전술이니, 다른 데서 문제 찾으려 하지 마. 그냥 너네 겁나 약해."

"……."

백제호에게는 아프게 꽂히는 한마디였다.

"반대로 프랑스 애들은 제법이더라. 그쪽 에이스라던 선수는 거의 7영웅에 뽑아도 되었을 수준이고."

"나단 베르나흐?"

"아, 그래. 걔."

"세계에서 톱3 안에 드는 애다."

"역시 그렇지? 아무리 스포츠로 발전했어도 그만한 실력자가 많지는 않을 거야."

나단 베르나흐라는 흑발의 프랑스 미청년이 보여준 무력은 서문엽마저도 감탄시켰다.

동양적인 쌍도(雙刀)를 양손에 쥔 그는 자신의 초능력 '분신'을 펼쳐서 총 4자루의 도를 폭풍우처럼 휘둘렀다.

1세트 6킬, 2세트 8킬.

상대팀 11명 중 절반 이상을 매 세트마다 살육한 미친 활약이었다.

반대로 한국 대표 팀은 예초기에 잡초 깎이듯 밀려 버렸고.

그때, 백제호는 기회를 살피다가 조심스럽게 질문을 던졌다.

"너랑 비교하면 어때?"

그것은 서문엽의 호승심을 자극시켜 볼 의도였다.

그 질문에 서문엽은 빤히 백제호를 바라봤다.

"아까 제수씨도 그러더니, 너도 나 배틀필드 하라고 꼬시냐?"

"흠흠, 꼭 그런 의도는 아니지만, 아무것도 안 하는 것보다는 덜 심심하지 않겠어?"

"오호라."

서문엽은 눈을 가늘게 떴다.

"내가 맞춰보지. 협회에서도 그 얘기를 했군?"

백제호는 뜨끔했다.

'하여간 눈치는 빨라서는.'

생각해 보면 한 번도 서문엽을 속여보지 못했던 백제호였다.

"미안하지만 배틀필드 안 한다."

"아니, 왜 안 해? 넌 이제 겨우 30세잖아. 기량이 전성기라고! 아깝지 않아?"

"안 아까워."

서문엽은 덤덤히 말을 이었다.

"이제 초인으로 살고 싶지 않아. 초인으로서의 내 인생은 최후의 던전에서 멋지게 피날레를 낸 거야."

"이제 그때처럼 의무감을 짊어지고 싸울 필요 없어. 그냥

스포츠야."

"의무감 같은 거 가진 적 없어. 넌 내가 남을 위해 싸울 사람으로 보이냐?"

"……."

"어릴 땐 살아남으려고 싸웠고, 초인이 돼서는 나를 인정해주는 곳에서 인정받기 위해 살았어. 그러니 이제는 날 위해 살아도 되잖아?"

서문엽의 말이 계속됐다.

"내가 배틀필드를 한다면 언론이고 나발이고 난리가 나겠지. 세상을 구한 서문엽, 이제는 한국을 구하라, 뭐 이 지랄 떨면서. 또 나한테 멋대로 기대하고 의존하겠지."

"…남의 시선이 아닌, 그냥 순수하게 배틀필드가 흥미가 가진 않고?"

"응, 광대 같아서 싫어."

"그래, 알았다. 어쩔 수 없지."

백제호는 순순히 승복했다.

아까웠지만 본인이 싫다는데 어쩔 수 없었다.

불행하고 처절했던 친구의 지난 삶을 알기 때문에, 남은 생을 평화롭게 빈둥대며 보내고 싶다면 그렇게 해주고 싶었다.

하지만…….

'역시 아깝다.'

다른 누구도 아닌 서문엽이다.

지옥 같았던 최후의 던전에서 공략을 지휘하며 절정의 기량을 만개했던 전성기의 서문엽 말이다.

그가 배틀필드에 뛰어들면 세계 유수의 월드 클래스 선수들을 상대로 얼마나 통할까?

지금의 톱클래스 선수들과 옛날의 7영웅 중 어느 쪽이 더 강할까?

이 영원히 끝나지 않는 논쟁에 종지부를 찍을 수 있는 사람이 나타난 것이다.

17년을 건너뛰어서 팔팔한 전성기 상태 그대로 나타난 서문엽은 수많은 사람들에게 그런 기대감을 심어주고 있었다.

'너무 아까운데.'

그런 놈이 집에서 뒹굴며 TV나 보겠다니 국가 대표 감독으로서 속이 터졌다.

배틀필드의 선수 생명은 대개 40대 초반까지로 긴 편이지만, 서문엽도 벌써 서른이었다. 저렇게 TV 앞에 뒹굴고 있기에는 시간이 아까운 것이다.

'기다려 보자. 평생 치열하게 살아왔던 녀석이라 한가한 나날을 오래 못 견딜 거야.'

"오, 이거 있네."

그 속을 아는지 모르는지, IPTV의 VOD 목록을 뒤적거리던 서문엽은 드라마를 골랐다.

제목은 지옥의 계단.

"보다 말았었는데. 이거부터 봐야겠다."

소파에 드러눕고 정주행할 태세를 갖춘 서문엽을 보며 백제호는 식은땀을 흘렸다.

'2004년도 드라마를?!'

2004년부터 시작해서 17년치 드라마를 다 볼 생각임이 틀림없었다.

족히 몇 년은 볼 수 있는 방대한 분량!

"내가 어디까지 봤더라. 에이, 그냥 1편부터 다시 보지 뭐."

"아니, 왜 시간 아깝게 처음부터 다시 봐?"

백제호는 저도 모르게 이의를 제기했다.

"남는 게 시간이거든?"

"……."

"나 진짜 배틀필드 안 한다고 했다. 기대하지 마."

역시 눈치 하난 기가 막혔다.

"근데 하연이는 언제 와?"

"CF 때문에 해외 촬영 갔어."

"보고 싶었는데 아쉽네."

"그보다 너 기자회견은 안 해? 지금도 저택 주변에 기자들 죽치고 있다."

서문엽은 눈살을 찌푸렸다.

귀찮지만 가만히 방치하면 이 전 세계적 관심이 식지 않을 게 자명했다.

"내일 기자 모아."

"그래, 같이 가자."

*   *   *

다음 날.

서문엽은 백제호와 함께 가까운 곳에서 기자회견을 했다.

모든 카메라가 서문엽에게 집중되었다.

워낙 두문불출하는 바람에 서문엽의 사진이 금값이더니, 오늘 마침내 온전히 모습을 드러낸 것이다.

한국 언론은 물론 외신 기자들까지도 잔뜩 모인 가운데, 서문엽이 백제호를 대동하고 나타났다.

자리에 앉은 서문엽이 입을 열었다.

"보신 바와 같이 제가 돌아왔습니다. 어떻게 살아 돌아왔는지 저도 신기한데 여러분은 더 신기하겠죠. 아무튼 국민 여러분의 많은 관심에……"

서문엽은 뚱한 얼굴로 말을 이었다.

"하나도 감사 안 합니다. 오늘 궁금한 거 다 물어보고, 제게서 신경을 꺼주셨으면 좋겠습니다."

옆에서 백제호가 쓴웃음을 지었다. 변한 것이 하나도 없는 불량한 친구였다.

"한 사람씩 손을 들어서 질문을 해주세요. 네, 거기."

서문엽의 지목에 기자들의 질문이 시작되었다.

"최후의 던전에서 어떻게 귀환하셨습니까?"

"솔직히 정신 차려보니 병원이었습니다. 납득이 가도록 설명할 방도가 없습니다."

"17년간의 기억이 있으십니까?"

"아뇨, 저한테는 며칠 전만 해도 2004년이었습니다."

기자들이 술렁였다.

전혀 변함없는 외모를 보고 짐작은 했지만, 역시나.

서문엽은 17년의 시간을 건너뛴 것이다.

"홀로 남아서 동료들이 탈출할 시간을 버셨다는 게 사실입니까?"

"네."

"그 부분에 대해서 여러 가지 음모설도 있었는데요."

"시간을 벌 수 있을 만큼 강한 사람이 저밖에 없었습니다. 음모 같은 건 없습니다."

"다른 7영웅분들과 연락했습니까?"

"아직요. 비즈니스였을 뿐, 별로 안 친합니다."

"재산을 다시 환수할 의향이 있으십니까?"

"아뇨."

어떤 질문이든 서문엽은 거침없이 속 시원히 대답했다.

그러던 중 이런 질문이 나왔다.

"백제호 감독님에게서 배틀필드에 대해 들으셨을 텐데요."

"네."

"배틀필드 선수로 활동하실 의향은 없습니까?"

그 질문에 기자들이 침을 꿀걱 삼켰다.

마침내 나올 질문이 나오고야 말았다.

세계 최대의 메이저 스포츠 배틀필드.

한국에서도 배틀필드는 가장 인기 있는 스포츠였다.

그렇지만 현재 한국의 수준은 세계적인 약체.

서문엽이 배틀필드 세계에 들어온다면 그 판도가 달라질지도 몰랐다.

더불어 현재의 톱클래스 선수들과 비교해서 7영웅의 실력이 어느 정도인지 확인할 수 있는 좋은 기회이기도 했다.

현재 배틀필드계에서 서문엽은 가장 핫한 인물인 것이었다.

하지만 물론.

"없습니다."

서문엽은 심드렁했다.

"아니, 이유가 뭡니까?"

"별로 흥미가 없습니다."

"자신 없는 거 아닙니까?!"

어느 중년 기자가 돌출 발언을 하였다.

다른 기자들이 눈살을 찌푸릴 때, 서문엽은 얼굴색 하나 변하지 않고 태연히 대꾸했다.

"없는 건 당신 머리숱이고."

기자들이 웃음을 터뜨렸고, 중년 기자는 얼굴이 빨개졌다.

"배틀필드라는 것은 제겐 퍽 거북합니다. 그다지 재미있어 보이지도 않고. 그럼에도 여러분의 흥미를 위해 경기장에서 광대 짓을 할 거란 기대는 하지 마세요."

그렇게 질의응답이 계속되었다.

기자들은 아직도 묻고 싶은 말이 끝이 없어 보였지만, 서문엽은 이쯤에서 그만하기로 했다.

그렇게 하고 서문엽은 자리에서 일어섰다.

관심이 서문엽에게 쏠려 있어서 백제호에게는 질문 하나 없었다.

기자회견장을 떠나려던 참이었다.

대뜸 어느 외신 기자가 영어로 뭐라고 질문을 던졌다.

곁에서 통역가가 통역했다.

"어제 제럴드 워커 선수가 서문엽 씨에 대하여 '7영웅은 거품'이며 '한주먹거리도 안 된다'고 발언을 했습니다. 이를 어떻게 생각하십니까?"

떠나려던 두 사람이 멈칫했다.

뒤돌아선 서문엽이 물었다.

"제럴드 워커? 그놈은 또 뭡니까?"

"미국의 배틀필드 스타플레이어입니다."

"제호야, 그 프랑스의 누구더라? 베르나르?"

"나단 베르나흐."

백제호가 정정해 줬다.

"아, 그래. 걔. 제럴드 워커란 애가 나단보다 강합니까?"

"그… 대체로 평은 나단 베르나흐의 손을 들어줍니다."

서문엽은 고개를 끄덕였다.

톱3 안에 든다던 프랑스의 에이스 나단 베르나흐. 제럴드 워커란 자식은 거기에 못 끼는 모양이었다.

그래서 내린 결론.

"그 정도도 안 되면 나대지 말라 해요."

기자들의 눈빛이 반짝거렸다. 막말 퍼레이드 덕에 기삿거리가 풍년이었다.

"붙어보고 싶으면 배틀필드는 됐고, 그냥 찾아오라 해요."

떠나면서 한마디 덧붙였다.

"뒤뜰에 묻어버리게."

그렇게 폭풍 같던 기자회견이 끝났다.

즉각 실시간으로 뉴스가 인터넷에 범람하기 시작했다.

(귀환한 영웅 서문엽 기자회견 '여러분의 관심 필요 없어')

(서문엽, 제럴드 워커의 도발에 응수 '뒤뜰에 묻어버린다')

(서문엽 '나와 붙고 싶으면 베르나흐 정도는 되어야')

(서문엽 '배틀필드 안 해')

지저 문명과의 전쟁이 끝난 지 17년이 흐른 세계.

인류에게 희망의 불씨가 되었던 서문엽은 또다시 세계를 뒤흔드는 폭풍의 핵이 되었다.

본인이 원하든 원치 않든 상관없이 말이다.

＊　　　　＊　　　　＊

"엄마, 밥!"

집에 들어와 우렁차게 소리치는 여자가 있었다.

'시발, 깜짝이야.'

그 바람에 소파에 누워 TV를 보던 서문엽이 화들짝 놀랐다.

"왔니? 일은 잘했고?"

곧이어 부엌에서 식사 준비를 하던 한승희의 목소리가 이어졌다.

"아으, 간만에 비키니 입었지롱."

"호호, 예뻤겠네."

"흐흐, 당연하지."

웃는 소리가 다소 아재 같은 그녀였다.

"근데 삼촌은?"

"거실에 없니?"

그제야 여자는 주위를 둘러보다가 소파와 혼연일체가 되어

있는 서문엽을 발견했다.

"왁, 깜짝이야!"

너무 자기 집처럼 자연스럽게 소파와 하나가 되어 있어서
몰라봤던 것이었다.

"안녕."

서문엽이 손을 흔들어 보였다.

그녀는 바로 백하연이었다.

"삼촌!"

"헉!"

말만 한 처자가 대뜸 달려들자 서문엽은 화들짝 놀랐다.

와락!

"그, 그래, 하연아."

서문엽도 안아주었다.

"잘 왔어, 삼촌!"

"그래그래. 너무 오래돼서 삼촌 까먹지는 않았을까 걱정했
는데."

"잊기는. 나랑 많이 놀아줬잖아. 삼촌이 올 때마다 과자나
초콜릿 사 줘서 좋아했는데. 엄마 아빠는 그런 거 절대 안 줬
거든."

"근데 많이 컸구나. 요즘 애들은 하루가 다르게 큰다더니."

정말 하루가 다르게 커버렸다.

"흐흐, 당연하잖아. 벌써 23살인데."

큰 키에 단련된 몸.

전투에 방해되지 않도록 짧게 자른 헤어스타일에 말투까지 남자 같았지만, 그럼에도 불구하고 물씬 풍기는 여성스러운 매력을 숨기지 못했다.

"예쁘게 자랄 거라고 생각은 했지만, 2주 만에 확인하게 될 줄은 몰랐네."

"흐흐, 엄청 예뻐졌지?"

"그래그래."

세상 고민 하나 없을 것 같은 밝은 웃음까지 사랑스러운 조카였다.

그래도 6살의 귀여운 아이가 그리운 것은 어쩔 수 없었다.

"삼촌 인터뷰 봤어."

"그래?"

"아빠가 만든 다큐 영화 보면서 느꼈지만, 삼촌은 참 화끈한 성격 같아."

"뭘, 그냥 성격이 삐뚤어졌을 뿐이란다."

백하연은 웃었다.

"그런 게 부러워. 나도 사람들한테 그럴 수 있었으면 좋겠어. 나한테 신경 끄라고 대놓고 지르는 거."

"하긴, 이렇게 예쁘고 국가 대표에 백제호의 딸이기도 하니 주목받아서 힘들긴 하겠네."

"그러니까. 싸우는 중에도 내가 어떻게 보일지 걱정될 정도

라니까."

"별수 없는 일 같은데. 넌 팬들이 먹여 살리는 직업이니까. 나야 내가 사람들을 살려주니 남 신경 쓸 필요가 없었고."

"그래도 삼촌이라면 배틀필드 선수가 된다 해도 남의 시선을 신경 안 쓸 것 같아."

"음, 그건 그러네. 나도 내가 남 신경 쓴다는 게 상상 안 간다."

그러다가 서문엽은 문득 뭔가가 떠올랐다.

"잠깐만, 그러고 보니 네 아빠가 제작했다는 다큐 영화를 아직 못 봤네?"

"아 진짜? 얼른 봐봐. 삼촌을 추모하는 다큐를 당사자가 직접 보면 어떤 기분일지 궁금하다."

신이 난 백하연이 리모컨을 조종해 VOD에서 다큐 영화를 찾아냈다. 다큐 영화 제목은 '서문엽'이었다.

그리고 때마침 퇴근한 백제호가 그걸 보았다.

"야! 뭐 하러 그런 걸 봐?"

"궁금하잖아. 과연 내 친구 백제호가 날 어떻게 묘사했을지 말이야."

"됐어, 별 내용 없으니까……."

"시작한다."

"끄응……."

백제호는 손으로 이마를 짚었다. 창피했기 때문이었다.

그리고……

서문엽은 진정한 영웅이었다.
마지막 순간에도 망설임 없이 죽음을 향해 달려갔다.
난 그 뒷모습을 영원히 잊지 못할 것이다.
—7영웅 동료 백제호

"와."
영화의 마지막을 장식한 문구를 보며 서문엽은 치를 떨었
다.
"아, 창피해서 소름이 끼치네. 너 제정신이냐?"
"내, 내가 감독이냐? 난 투자만 한 거야."
백제호의 궁색한 변명.
하지만 백하연이 곧장 반박했다.
"아빠가 시나리오 작가인 줄 알았다고 엄마가 그러던데?"
"아니래도! 진짜 감독이 알아서 한 거야."
백제호는 식은땀을 뻘뻘 흘렸다.
죽은 친구를 추모하기 위한 노력이 이런 식으로 오점이 될
줄은 몰랐다.
그 죽은 놈이 다시 살아 돌아올 줄을 누가 알았겠는가?
"삼촌, 보니까 어때? 잘못된 내용 있어?"
서문엽은 떨떠름한 표정이 되었다.

"아니. 딱히 왜곡은 없는데, 기가 막히게 다 좋은 쪽으로 해석했네."

서문엽의 더러운 성질머리가 왠지 반항아적인 청춘스타처럼 미화되어 있었다.

"인마, 대중이 갖고 있는 나에 대한 환상에 네가 제일 크게 일조한 거야. 너 내 빠냐?"

"에이 씨, 감독이 만든 거래도!"

"내 뒤태를 영원히 잊지 못한다고 할 때부터 알아봤다. 변태 같은 놈."

백하연은 자지러져라 웃었고, 놀림감이 된 백제호는 한숨을 푹 쉬었다. 기껏 우정으로서 명복을 기려줬더니, 살아 돌아와서 놀리는 못된 놈이었다.

"근데 삼촌."

지옥의 계단 최종회를 함께 보던 중, 백하연이 말을 걸었다.

"응."

"정말 배틀필드 안 해?"

"응, 안 해."

1초 고민도 없이 튀어나온 대답.

"내가 이렇게 부탁해도 안 해?"

백하연은 손을 모으고 최대한 귀여운 표정을 지으며 물었다.

저 예쁜 얼굴로 귀여운 척까지 하니 서문엽은 흠칫할 수밖에 없었다.

"…안 해."

"삼촌 변했다."

"…암만 봐도 변한 건 너희들 아니니?"

"어릴 땐 내 부탁은 뭐든 들어줬었는데."

"네 부탁이라고 해봐야 간식 사달라는 것 정도였잖아."

사실 강남 빌딩 한 채 사달라고 해도 들어줬을 거다. 물론 지금은 돈이 없어서 그럴 수 없지만.

백하연이 시무룩한 표정을 지어 보였다. 보란 듯이 입술을 삐죽 내밀며 귀여운 척하는 시위가 몹시 부담스러웠다.

"그, 그래도 안 되는 건 안 되는 거야."

"힝, 삼촌."

"귀여운 척은 6살 때 실컷 하지 그랬니."

"치! 삼촌은 내 맘도 모르고."

"왜 몰라. 제호한테 사주라도 받았겠지."

뜨끔한 백하연.

삼촌 눈치가 빠르다더니 사실이었다.

"안 된단다. 이제 삼촌은 드라마나 볼게요."

백하연의 머리를 한 번 쓰다듬어 준 서문엽은 IPTV를 조작했다.

새로 고른 드라마는 '미안하다, 사과한다'였다.

"나 팀에서 외롭단 말이야."

"대표 팀에서?"

백하연은 고개를 끄덕였다.

"아빠가 밀어줬다느니, 실력이 아니라 인기 덕이라느니, 얼마나 뒤에서 까는지 알아? 팀에 삼촌이라도 있으면 얼마나 든든할까……."

그러면서 계속 인상 쓰고 눈을 깜빡이는 백하연.

"응, 눈물 억지로 쥐어짜지 말고."

서문엽은 표정 변화 없이 일침을 했다.

"아 씨! 진짜야!"

노력의 성과가 있는지 살짝 눈물이 모인 눈시울이었다.

"대표 팀 애들 실력이 너 빼고 다 사람 아닌데 널 따돌릴 리가 있냐? 여왕님이라고 부르며 떠받들면 모를까."

백하연은 또다시 뜨끔했다. '여왕님'은 대표 팀 동료들이 부르는 별명이었다. 음담패설까지 주고받을 정도로 허물없는 사이라 거의 남자 취급이었다.

"삼촌이 2004년 사람이라고 바보는 아니에요."

서문엽은 파리 쫓듯 휘휘 손을 내젓고는 다시 TV에 몰두했다.

*　　　*　　　*

드라마가 예상외로 재미있어서 새벽 5시까지 본 서문엽.

근데 일어나 보니 평생의 습관대로 귀신같이 오전 7시였다.

고작 2시간 수면이었지만 초인에게는 이 정도로도 충분했다.

'운동이나 할까.'

이제는 필요 없는 일이었지만, 그래도 가만히 있으려니 좀이 쑤셨다.

뜰로 나가니 이미 백제호와 백하연 부녀가 훈련을 하고 있었다.

촤촤촤착!

백하연이 지그재그로 날렵하게 달리며 양옆에 설치된 콘들을 손으로 터치하고 있었다.

대표적인 민첩성 훈련인 콘 운동이었다.

그뿐만이 아니었다.

이를 지켜보던 백제호가 문득 작은 공을 던졌다.

순간, 백하연은 허리춤에 단 채찍을 꺼내 휘둘렀다.

촤아악!

채찍이 마술처럼 움직이며 공을 휘감아 낚아챘다.

'열심이군.'

백하연의 포지션은 보조 딜러.

민첩하게 전투 지역을 누비며 채찍으로 상대를 공격한다.

하지만 직접 타격보다는 주로 휘감아서 적의 동작을 방해

하면, 동료가 그 적을 처치하는 방식이었다. 그래서 보조 딜러였다.

오른손으로는 검도 쓴다.

하지만 이는 가까이 있는 적으로부터 보호하는 방어 수단일 뿐, 웬만하면 접근 자체를 허용하지 않으려고 한다.

'제호가 가르친 스타일이겠군.'

백제호의 근력은 55/70.

한계까지 단련했을 때도 70으로, 평범한 수준이었다.

하지만 민첩과 속도가 최고 수준이었기 때문에 서문엽은 이 점을 활용해 전술적으로 치고 빠지는 스타일을 주입시켰다.

부족한 근력 탓에 적과 오래 근접해 있으면 위험하니 재빨리 빠지는 식이었다.

백제호도 백하연을 보며 비슷한 생각을 품었으리라.

체질이나 초능력도 자신을 쏙 빼닮았고, 심지어 여자이니 근력이 자신보다 더 부족할 거라고 생각한 것이다.

하지만 서문엽은 그런 발상 자체가 잘못됐다고 생각했다.

왜냐하면……

―대상: 백하연(인간)

―근력 61/82

―민첩성 90/90

―속도 94/95

―지구력 59/80

―정신력 81/81

―기술 63/75

―오러 66/70

―초능력: 순간 이동, 로프

―로프(초능력): 손에 쥔 로프 형태의 모든 물건을 자유자재로 조종한다.

민첩성과 속도는 충분히 높은 편이지만, 백제호보다는 낮았다.

하지만 반대로 근력과 지구력은 오히려 백제호의 재능을 능가한다. 기술도 살짝 더 높다.

백제호의 생각과 달리, 백하연의 타고난 근력은 82로 그리 약하지 않은 것이다.

'거기다가 민첩성은 이미 재능의 한계까지 다 찍었어.'

지금 하고 있는 민첩성 훈련이 별로 필요가 없는 것이었다.

'역시나 내 예상대로군.'

분석안 없이 TV로 봤을 때도 백하연의 포지션이 잘못됐다고 판단했던 서문엽이었다.

"으아, 잠시 휴식!"

백하연이 채찍을 내던지며 소리쳤다.

그러고는 주저앉았다가 서문엽을 발견했다.

"어? 삼촌!"

서문엽은 조깅을 멈추고 두 사람에게 다가갔다.

'조언 정도는 해줄까?'

배틀필드에 관여하고 싶지는 않았지만, 그렇다고 너무 야박하게 굴고 싶지도 않았다.

"삼촌, 나 훈련하는 거 봤어?"

"응, 잘하더라. 민첩성 훈련은 더 이상 필요 없겠던데?"

그 말에 훈련을 시키던 백제호가 고개를 저었다.

"아냐, 약간 더 부족해."

"응, 너에 비하면 말이지."

"뭐라고?"

눈을 크게 뜬 백제호에게 서문엽이 계속 말했다.

"네 전성기 때보다 모자랄 뿐이지, 충분히 한계까지 올라왔다고. 민첩성은."

백제호는 깜짝 놀랐다.

분석안에 대해서는 모르지만, 사람의 재능을 알아보는 서문엽의 안목은 인정하는 그였다.

"채찍 다루는 기술도 마찬가지고."

서문엽은 백하연을 보며 물었다.

"채찍으로 상대를 붙잡으면, 그 뒤에는 어쩔 거야?"

"그야 당겨서 균형을 무너뜨리든 그냥 묶어놓든 해서 아군에게 토스해야죠."

"직접 피니시를 못하면 반쪽짜리야."

"……."

백하연은 꿀 먹은 벙어리가 되었다. 그간의 많은 경기 경험으로 잘 아는 사실이었다.

"근력과 검술을 훈련해."

서문엽은 백제호에게 이어 말했다.

"하연이는 보조 딜러가 아니라 근접 딜러야. 알았냐? 감독 양반."

—

제3장

가르침

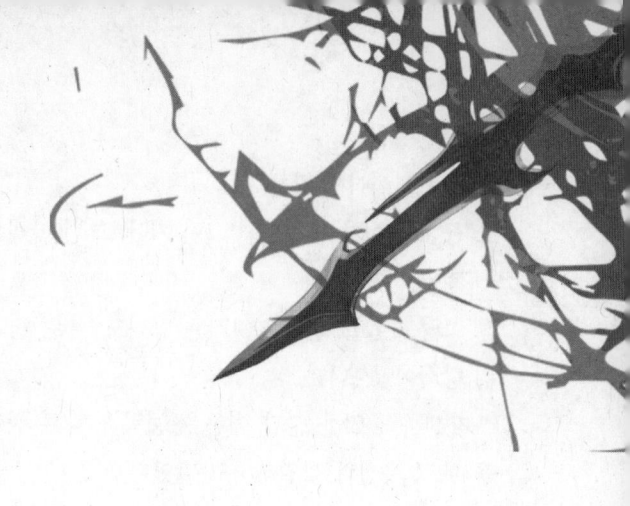

"근접 딜러라고?"

백제호는 머리를 한 대 맞은 표정으로 중얼거렸다.

이는 부친 밑에서 보조 딜러로 훈련 받아온 백하연도 마찬가지였다.

"아무튼 수고해."

서문엽은 다시 조깅을 하기 시작했다.

그가 떠난 뒤, 백하연이 물었다.

"아빠, 근력과 검술을 훈련하는 게 나한테 맞을까?"

"잘 모르겠다."

백제호도 고개를 저었다.

하지만 이어서 말했다.

"근데 엽이가 그렇다면 그런 거야. 그건 확실해."

"정말?"

"그렇고말고. 널 가르쳐 온 방식도 실은 엽이가 날 훈련시킨 방식이었으니까."

자신과 동일한 순간 이동 초능력과 빠른 민첩성을 가진 딸을 보고 자신과 동일시하고 말았다.

그 또한 근접 딜러이긴 했지만, 치고 빠지고 달리며 교란시키는 전술적 역할에 더 치중한 일종의 보조 딜러나 마찬가지였던 것.

그래서 동일하게 가르쳤는데, 아무래도 딸은 다른 쪽에 더 재능이 있음을 서문엽이 알아본 모양이었다.

"그럼 근력 훈련하고 검술 위주로 스케줄을 바꿔야겠다."

"그건 나중에 해도 되고 지금은 조깅이나 하거라."

그러면서 백제호는 서문엽의 등을 턱짓으로 가리켰다.

아하 하는 표정이 된 백하연은 고개를 끄덕이더니, 이윽고 서문엽의 뒤를 쫓아 달리기 시작했다.

"조깅하고 올게!"

백하연은 서문엽의 옆에서 달리며 계속 뭐라고 말을 붙이기 시작했다.

아마 훈련을 지도해 달라고 조르는 것이리라.

'이렇게라도 널 배틀필드로 끌어들여야겠다.'

백제호는 아직 포기하지 않고 있었다.

*   *   *

조깅하는 서문엽에게 백하연이 따라붙었다.

"삼촌! 같이 뛰자."

"킁킁, 제호 녀석의 꿍꿍이 냄새가 난다."

백하연은 이제 눈치 100단인 서문엽이 얄미워졌다.

"흥, 말을 했으면 책임을 져야 할 거 아냐?"

"검술을 배우려면 제호에게 부탁하는 게 정상 아니냐?"

서문엽은 창과 방패.

백제호는 검.

어딜 봐도 검술 스승으로 적당한 사람은 백제호였다.

"아빠를 가르친 사람이 삼촌이라며?"

"…그건 구식이야. 배틀필드는 스포츠잖아. 스포츠는 스포츠답게 보다 과학적인 훈련법이 있겠지."

백제호를 가르친 방법은 간단했다.

그냥 실전.

어떻게 움직이고 어딜 공격해야 하는지만 알면, 어떤 무기든 쓰는 요령은 알아서 몸으로 체득될 거라고 생각했다.

그리고 실제로 백제호의 능력치에서 기술이 쭉쭉 오르는 걸 보며 확신을 가졌었다.

"검술의 기본은 나도 충분히 배웠어. 나머지는 실전을 통해 자기만의 요령을 터득하는 건데, 그 점이 삼촌이 잘 가르치는 부분이라며?"

제법 논리적으로 요구를 하니 서문엽도 점점 말문이 막혔다.

그냥 싫다고 하면 삐칠 게 분명하니까.

"끄응."

하는 수 없었다.

'사실 그냥 가르치는 정도라면 더 거절할 이유가 없지.'

어차피 할 일도 별로 없는데 운동 삼아 귀여운 조카를 가르치는 게 싫을 이유는 없었다.

계속 배틀필드로 꼬드기려는 제호 녀석의 흑심이 싫을 뿐이었다.

'하여간 귀찮은 녀석이야. 왜 그렇게 날 위하는 거야?'

백제호는 서문엽을 이용해 무언가를 이룰 의도 같은 건 없는 친구였다.

'내가 또 정상에 있는 모습을 그렇게도 보고 싶은 거냐?'

백제호는 서문엽을 친구로서 아꼈지만, 같은 초인으로서 존경하고 동경하기도 했다.

그걸 서문엽도 잘 알고 있었다. 그 오글거리는 다큐 영화만 봐도 알 수 있다.

　　　　*　　　　*　　　　*

　프로리그가 끝나고 겨울 휴식기에 접어든 터라 백하연은 집에서 휴식기를 보내기로 했다.

　그래서 서문엽에게서 집중적인 훈련을 받을 시간이 충분했다.

　아침.

　백하연은 검은색 배틀 슈트로 무장하고 왼손에는 채찍, 오른손에는 검을 들었다.

　경기에 나서는 무장 그대로였다.

　서문엽도 오랜만에 자신의 방패를 다시 들었는데, 다만 옷차림은 여전히 트레이닝복이었다.

　백하연은 눈살을 찌푸렸다.

　"다칠 수 있는데 내가 준 배틀 슈트 입지, 삼촌?"

　"응? 다쳐?"

　서문엽은 오랜만에 웃겼다는 듯 푸하하 웃었다.

　백하연의 눈매가 날카로워졌다.

　"내 실력 갖곤 상처 하나 못 입힌다 이거야?"

　"응."

　서문엽은 인자하게 미소 지으며 고개를 끄덕였다.

　"그리고 삼촌은 불사신이니 걱정 마렴."

　"그게 뭐야."

"아무튼 지금부터 일주일간 넌 왼손에 들고 있는 채찍을 쓰지 않을 거야."

"검만?"

"그래. 그다음 일주일이 채찍과 검을 함께 쓰는 연계 동작이야."

잠시 상상을 해본 백하연은 고개를 끄덕였다.

"구식이라면서 의외로 커리큘럼이 있네요?"

'가르쳐 본 놈이 한둘이어야지.'

물론 대부분은 도중에 도망갔지만, 백제호라는 성과도 있었다.

사실 분석안이 있는 서문엽은 훈련의 성과가 있나 없나 체크할 수 있었기 때문에 노하우가 꽤 쌓인 상태였다.

"자, 콘 운동은 신나게 해봤지?"

"응."

"그럼 좌우로 이동하며 검을 휘두르는 거야. 좌로 한 번, 우로 한 번."

"그것뿐?"

"좌우면 충분해. 정면에서 칼 맞는 놈이 어디 있어?"

대표 팀에서 많이 봤다고 대답하려다가 또 비웃음을 살까 봐 참은 백하연이었다.

"일반인은 싸울 때 앞뒤로밖에 못 움직이지만, 전문가는 좌우로 움직이지. 네가 만일 채찍으로 낚아채 균형을 무너뜨렸

다면, 빈틈은 언제나 측면에 있을 거야."

"알았어."

서문엽은 방패를 들었다.

"자, 와봐."

"정말 조심해야 해."

서문엽의 명성이야 귀 따갑게 들었지만, 그래도 옛날의 주먹구구식과 발전을 거듭한 배틀필드는 다르기 때문에 백하연은 걱정이 됐다.

그녀는 일단 가볍게 움직였다.

쉭, 쉭!

좌우로 움직이다가 오른쪽에서 가볍게 검을 휘둘렀다.

터엉!

미리 기다렸던 방패에 막혔다.

서문엽이 말했다.

"왜, 내가 걱정돼? 진지하게 안 하면 방패로 맞는다?"

"알았어."

백하연은 독하게 마음먹고 다시 검을 휘두르기 시작했다.

좌우로 왔다 갔다 하며 연타를 퍼붓는 백하연.

좌, 우에서 계속 몰아치는 공세를 서문엽은 너무도 수월하게 방패로 모조리 막았다.

"더 빨리!"

백하연은 이를 악물고 더 빠르게 퍼부었다.

오른손의 검이 무한궤도를 그리며 좌우를 차례로 때렸다.

서문엽의 방패도 그 움직임에 잘 따라다녔다.

"난타하냐? 규칙적으로 할 필요 없어. 페이크도 넣고 엇박자로! 몸통만 노리지 말고, 머리, 다리! 보이는 대로 베!"

"다쳐도 몰라?"

"걱정 마. 죽었다 깨어나도 생치기 하나 못 내."

백하연은 도끼눈을 떴다.

그때부터는 훨씬 더 위협적인 칼질이 펼쳐졌다.

어깨나 눈으로 페이크를 넣고 반대편을 공격하거나, 살짝 시간차를 두고 불규칙한 패턴으로 공격을 퍼부었다.

하지만 그걸 막는 서문엽은 한 발짝도 뒤로 물러나지 않았다.

'뭐, 뭐지?'

백하연은 점점 상황이 이상하다는 걸 느꼈다.

공격권은 자신에게 있고, 서문엽은 그걸 보고 대응해야 하는 입장.

또한 방패보다 검이 더 가볍다.

심지어 방패를 든 손은 왼손.

자신은 오른손으로 검을 휘두르고 있었다.

그럼에도 불구하고…….

'왜 이렇게 방패가 잘 따라오는 거야?'

최선의 스피드로 펼치는 쾌검을 서문엽은 아무렇지 않게

막는 것이었다.

그것도 회피 동작도 하지 않은 채 모조리 다 방패로 막아내면서 말이다.

물론 서문엽은 이유를 알고 있었다.

'미안하지만 내 민첩성은 97이란다.'

민첩성 90/90인 백하연은 서문엽을 스피드로 능가할 수 없었다.

"뭐 해? 방패 때리기 게임인 줄 알아? 날 죽여보라고!"

계속 버럭 소리치며 도발하니 백하연은 기를 쓰고 공격을 퍼부었다.

그렇게 훈련이 끝나자 기진맥진해서 퍼져 버렸다.

서문엽은 고개를 끄덕였다.

"좋아, 이대로 점심과 저녁때도 반복하자."

"이렇게 2번이나 더?!"

"그 외에는 네가 알아서 근력 운동도 하고."

백하연은 울상이 되었다. 겨울 휴식기가 물 건너갔다.

하지만 그녀는 몰랐다.

그날 점심과 저녁에 훈련을 반복한 결과, 기술이 63에서 64로 1 올랐다는 사실을 말이다.

분석안으로 확인한 서문엽은 만족스러워했다.

'역시 통하는군.'

백하연은 서문엽과 하는 훈련 외에도 틈나는 대로 근력 운

동을 했다.

TV를 보며 쉴 때조차 한 손가락으로 물구나무서기를 하니, 한승희에게 정신 사납다고 잔소리를 들을 정도.

이틀째.

여전히 트레이닝복에 방패만 하나 달랑 든 서문엽이 말했다.

"오늘은 좀 더 난이도를 높여보자."

"어떻게요?"

"해보면 알아. 자, 덤벼."

백하연이 공격을 시작했다. 그런데 이번에는 이상했다.

검이 방패에 막히는 순간 검이 미끄러지는 듯한 느낌이 들었다.

'윽!'

백하연은 당황했다.

그렇게 몇 번 반복되니, 어찌 된 일인지 알 수 있었다.

검에 닿는 순간, 서문엽은 방패에 살짝 회전을 가해 타점을 흐트러뜨렸다.

덕분에 검을 휘두를 때마다 힘이 쭉 빠져나가는 기분을 느낀 것이다.

'단지 방패로 막는 것뿐인데 이런 테크닉이라고?'

대표 팀의 탱커들에게서는 찾기 어려운 테크닉이었다.

막는 것만으로도 공격하는 사람의 힘을 빼놓는 수준이라니.

다칠 수 있다는 말에 서문엽이 왜 웃었는지 이제 알 것 같았다.

'이렇게 격차가 컸나.'

백하연은 분한 마음이 들었다.

이래 봬도 대표 팀의 에이스였다.

한국이라는 약체국의 에이스이긴 하지만, 그래도 빅 리그에서도 통할 수 있는 실력이라고 자부했었다.

서문엽의 실력이 어느 정도인지는 몰라도, 이렇게 간단하게 막힐 수준이었을 줄은 몰랐다.

하지만 어찌 보면 당연한 결과였다.

기술 100/100.

서문엽의 테크닉은 인류의 정점에 도달해 있었으니까.

"뭐 해? 왜 어제보다 느려졌어?"

"난이도가 올라갔으니까!"

약 오른 백하연이 소리쳤다.

"그래? 무척 힘든가 보네? 공격이 전혀 안 통하니까 짜증도 나고."

"응."

"딱 좋아. 이대로 계속 가자."

"뭐가 딱 좋아야!"

"그래야 네가 어떻게든 공격을 성공시키겠다고 방법을 찾을 거 아니니. 자, 버둥거려 봐, 이 허접아!"

"크아악!"

백하연은 여자답지 않은 괴성을 지르며 다시 덤볐다.

서문엽의 교육은 순조롭게 진행됐다.

사흘째부터는 순간 이동도 쓸 수 있도록 허락했다.

그 탓에 훨씬 현란한 맹공이 펼쳐졌지만, 서문엽도 본격적으로 스텝을 밟기 시작하면서 능수능란하게 방어했다.

그렇게 1주가 흐르자, 2주 차부터는 채찍도 함께 동원하기 시작했다.

"자, 기억해. 네 주 무기는 채찍이 아니라 검이야. 보조 딜러가 아니라 근접 딜러라고."

"응."

"그렇다고 지금까지 해왔던 선수 생활이 의미 없는 건 아니야. 지금까지 보조 딜러로서 해왔던 건 왼손의 채찍에 맡겨. 채찍으로 잡고, 검으로 벤다. 오케이?"

"응!"

"잡고 베는 방식으로 당장 써먹을 만한 패턴 한두 가지만 발견하면 이번 훈련은 성공이야."

"응, 지금 느낌이 아주 좋아. 잘할 수 있을 것 같아, 삼촌."

'당연하지.'

서문엽은 분석안으로 백하연의 능력치를 보며 속으로 중얼거렸다.

기술은 이제 66이었다.

처음 봤던 63에서 무려 3이나 단기간에 올린 것이다.

거기에 근력도 61에서 63으로 2나 올랐다.

짧은 시간치고는 굉장한 성과였다.

'제대로 된 포지션을 찾은 덕에 빨리 오른 거야.'

백제호에 이어 백하연도 서문엽에 의하여 하나의 작품으로 빚어지고 있었다.

*   *   *

훈련 마지막 날은 서문엽도 바쁘게 이리 뛰고 저리 뛰었다.

백하연의 채찍은 확실히 숙련된 무기였다.

초능력을 이용해 멋대로 꿈틀대는 채찍은 피하기도 까다로웠고, 그 뒤를 이어 피니시를 하기 위해 검을 들고 달려드는 것도 위협적이었다.

"좋아, 딱 원했던 대로야!"

덕분에 점프도 하고 앞구르기도 하는 등 격렬하게 회피 동작도 펼쳐야 했던 서문엽은 트레이닝복이 너덜너덜했다.

"여전히 생채기 하나 못 입혔잖아."

백하연은 뾰로통한 표정이었다.

여전히 서문엽은 갑옷도 입지 않고 방패 하나 달랑 들고서 그녀를 상대했던 것이다. 그럼에도 상처 하나 입지 않을 정도로 완벽하게 블로킹했고 말이다.

"성과가 있으니까 걱정 마."

—대상: 백하연(인간)

—근력 64/82

—민첩성 90/90

—속도 94/95

—지구력 60/80

—정신력 81/81

—기술 67/75

—오러 66/70

—초능력: 순간 이동, 로프

서문엽이 집중 훈련을 시킨 결과였다.

근력은 61에서 64.

지구력은 59에서 60.

기술은 63에서 67.

백지 상태인 초보자를 가르치는 게 아닌 한, 단기적으로 이 정도의 성과를 낸다는 것은 무척 힘든 일이었다.

이는 이제야 백하연이 적성에 맞는 포지션을 찾은 덕에 폭발적으로 성장했다고 봐야 했다.

이런 경우를 자주 봤기 때문에 서문엽은 확신을 가졌다.

"훈련은 이걸로 끝내자. 앞으로도 근력과 지구력은 꾸준히

키워야 할 거야."

근력과 지구력은 앞으로도 20가량 성장할 여지가 남았다.

능력치를 재능까지 전부 개화시킨다면 세계 무대에서도 일류가 될 수 있을 거라고 서문엽은 판단했다.

물론 일류의 기준은 전에 봤던 프랑스 국가 대표 팀.

듣기로 프랑스는 세계 최강을 다투는 강팀이었다고 했다.

순간 이동이 가진 전술적 활용성에 가산점을 더하면, 재능을 모두 끌어올린 백하연은 프랑스 대표 팀 주전도 할 수 있는 수준이었다.

'이제 시작이니까.'

근접 딜러로서의 활약은 지금부터였다.

앞으로 경험치가 쌓일수록 계속 발전하리라.

"고마워, 삼촌."

"그래그래."

"근데 고마운 김에 부탁 하나만 더 들어줘."

"…뭔데?"

"제대로 한번 붙어보자."

"음?"

"삼촌은 한 번도 공격을 안 했잖아. 제대로 한번 붙고 싶어."

간과했다.

활활 타는 눈빛 속에 보이는 그녀의 승부욕을.

게임 광고에서 봤던 바로 그 섹시한 눈빛이었다.

'다 컸네.'

이 사랑스러운 조카도 한 사람의 초인이었다.

'그렇다면 삼촌이 선물을 하나 주마.'

세상에는 이 정도까지 강한 사람도 있다는 것을 말이다.

서문엽은 주위를 둘러보다가 가까이에 있는 커다란 나무로 향했다.

뚝.

큰 나뭇가지 하나를 꺾었다.

잔가지도 정리하자 대략 1.2미터쯤 되는 길이의 무기가 됐다.

"그거 갖고 한다고?"

"응."

서문엽은 웃으며 말을 이었다.

"5초 안에 끝날걸?"

"뭐야? 삼촌 나 너무 무시한다."

"보면 알아."

방패와 나뭇가지를 든 서문엽이 백하연과 대치했다.

백하연은 먼저 들어가기로 마음먹었다.

그런데 그 순간.

척!

찌르는 폼으로 무기를 들고 있던 서문엽의 오른손이 신속하

게 움직였다.

던지는 자세로 그립법이 바뀐 오른손.

바로 내다 던지기!

슈욱!

비거리와 속력을 자유자재로 조종해서 던질 수 있는 초능력
이 발동.

쏜살같이 날아드는 나뭇가지에 놀란 백하연은 그래도 빠른
반사 신경으로 옆으로 몸을 틀었다.

'피했다!'

라고 생각한 순간이었다.

'어?!'

옆으로 지나갈 것 같았던 나뭇가지의 궤도가 갑자기 옆으
로 휘어졌다.

퍽!

"윽!"

나뭇가지는 백하연의 가슴을 강타했다.

가벼운 나뭇가지라 방어구를 뚫지는 못했다.

하지만 백하연이 받은 정신적 충격은 무척 컸다.

"끝."

서문엽이 씨익 웃어 보였다.

"피, 피했는데?"

"변화구야, 변화구. 요렇게 회전을 먹여서 던진 거지."

그러면서 서문엽은 던지는 폼을 보여주었다.

던지는 순간 나뭇가지를 손끝으로 긁어 회전력을 먹인 수법이었다.

마치 변화구를 던지는 투수처럼 말이다.

어떻게 던지든 초능력으로 위력은 낼 수 있는 서문엽이었다.

때문에 온몸의 힘은 창에 회전력을 먹이는 데 집중했다.

오랫동안 연습했기 때문에 적중률이야 말할 필요도 없었다.

나뭇가지는 서문엽이 딱 원하던 궤도를 그리며 날아났다. 괜히 기술 100/100이 아니었으니까.

"세상에……"

일 합도 못 겨루고 끝난 승부에 백하연은 얼이 빠졌다.

던지는 수법도 놀랍지만, 상대의 타이밍을 빼앗으며 갑자기 던져 버리는 판단은 초일류였다.

창 쥐는 그립을 바꾸는 속도도 그야말로 예술적이었다.

간단한 한 수였는데 그 안에 들어간 고도의 테크닉이 상당히 많았다.

'이게 바로 초일류구나.'

백하연으로서는 많은 것을 배우고 느끼게 된 대련이었다.

그런 그녀를 보며 서문엽은 웃어 보였다.

'힘내라, 내 조카.'

　　　　*　　　*　　　*

2022년 새해가 밝았다.

겨울 휴식기가 얼마 남지 않은 시점에서 한국 국가 대표 팀의 A매치가 새로이 잡혔다.

갑작스러운 일정이었지만 한국 협회 측은 거절할 수 없었다.

제안을 한 국가가 바로 미국이었으니까.

세계 최강을 다투는 미국 대표 팀. 한국 같은 약체는 상대도 안 해주는 그들이 먼저 A매치를 제안했으니, 이 기회를 놓칠 수가 없었다.

하지만 대표 팀 감독인 백제호의 입장에서는 한숨이 푹푹 나왔다.

"보나 마나 제럴드 워커 때문이겠지."

"걘 또 누구야?"

"인마. 너한테 도발했던 걔 말이야. 네가 뒤뜰에 묻어버린다고 했던 걔!"

"아아, 걔."

그제야 제럴드 워커가 누군지 생각났다.

진심으로 신경을 안 썼기 때문에 그 일이 있은 뒤에도 제럴드 워커가 누군지 인터넷 검색 한 번 안 해봤다.

그래서 여전히 어떻게 생긴, 뭐 하는 놈인지도 모르는 서문엽이었다.

하지만 제럴드 워커는 그렇지 않은 모양이었다.

"너한테 공개적으로 비웃음을 당한 뒤에 노발대발했단다."

"쫀쫀한 놈이네. 겨우 그 말 들었다고?"

"나단 베르나흐와 비교했잖아. 그거 굉장히 민감한 녀석이라더라."

"아하, 톱3 안에 못 든 거?"

제럴드 워커에 비해 나단 베르나흐는 아주 잘 기억하는 서문엽.

참고로 이 프랑스 미청년은 서문엽의 발언에 대해 영광이라며 공손한 성명을 표했다고 했다. 그래서 서문엽은 더 나단이 마음에 들었다.

"그래서? 얘가 한국을 짓밟아서 복수하겠다는 거야, 뭐야?"

"그거지."

"내가 뛰지도 않는데 무슨."

"나랑 하연이에게 대신 복수하고 승리 후에는 거하게 인터뷰 때려서 도발하겠다는 거지 뭐."

"알게 뭐냐, 정말……."

서문엽은 정말로 알게 뭐냐는 심정이었다.

"아니, 붙고 싶으면 여길 찾아오던가? 왜 배틀필드에서 지랄

이야."

"그건 범죄잖아."

"난 면책권 있어."

옛날에 정부로부터 뜯어낸 납세·형사 면책권이 서문엽에게
있었다. 죽었으면 모를까, 살아 돌아왔으니 여전히 유효할 터
였다.

"걘 없잖아. 흰소리 그만하고 미국 팀 경기나 같이 봐보자."

"혼자 봐."

"그러지 말고 분석이나 좀 같이해 줘. 하연이가 뛸 경기인데
그 자식에게 무슨 짓을 당할지 걱정도 안 돼?"

"쯧."

혀를 찬 서문엽은 갑자기 좋은 생각이 났는지 손가락을 튕
겼다.

"대신 나 차 한 대 사줘."

"……."

말문을 잃은 백제호는 지갑에서 신용카드를 한 장 꺼냈다.
서문엽도 예전에 썼던 한도 무제한 카드였다.

"응? 이 카드 아직도 있냐?"

"서문엽 카드라면서 이름하고 디자인은 여전히 유지하고 있
다. 암튼 이걸로 마음껏 써."

"땡큐."

"자문 한 번 받기 더럽게 힘드네."

투덜거린 백제호는 그제야 VOD 목록에서 미국 대표 팀 경기를 찾았다.

영어로 중계됐지만 경기만 보면 되므로 문제없었다.

제럴드 워커.

그놈은 딱 탱커였다. 정통파 탱커.

'장난 아니군.'

2미터 20센티미터의 거구를 가진 스킨헤드 백인.

그 거구를 더 거구로 만드는 엄청난 근육질.

그런 거구를 절반 이상 커버하는 거대한 사각 방패와 핼버드.

이 큼직한 도끼날이 달린 창을 자유자재로 휘두르며 전장을 휘젓고 다닌다.

스킨헤드에 문신까지 하니 이건 뭐 미국인인지 바바리안인지 헷갈렸다.

"엄청난 놈이네."

"그래. 전 세계 탱커 중 가장 파워풀하지."

서문엽과는 확연히 다른 타입이었다.

서문엽은 근력이 79로 탱커치고는 낮다.

대신 97이나 되는 민첩성으로 활발하게 움직이며, 창을 던지고 원거리 딜러 역할도 할 수 있는 하이브리드 탱커였다.

한마디로 자체의 힘보다 전술성을 극대화한, 딱 서문엽다운 지능적인 스타일이었다.

이에 반해 제럴드 워커는 그야말로 단순 무식 그 자체.

오직 힘!

싸움은 막무가내.

하지만 단순 무식하다고 비하할 수만은 없었다.

"저런 타입이 전투에서는 확실하게 제 몫을 하지."

서문엽이 짧게 평했다.

힘센 탱커란 것은 아군에게 있어 가장 확실한 필승 카드였다.

누구도 저 탱커의 방어력을 뚫지는 못할 것이다.

또한 저런 탱커가 앞장서서 돌격하면 뚫리지 않을 진형이 없을 것이다.

"다른 애들도 장난 아닌데, 넌 어떻게 상대할 생각이야?"

서문엽이 물었다.

백제호는 어깨를 으쓱하며 대답했다.

"뭘 어째? 일단 프랑스전하고 똑같이 도망자 전략이지."

도망자 전략은 적과의 충돌을 피해 다니며 사냥에 몰두해, 막판까지 승부를 끌고 가는 장기전이었다.

막판에 메인 에어리어에서 메인 보스 몹이 등장하면 삼파전을 벌여 혼전을 유도하는 전략.

약팀이기에 정면 승부보다는 혼전이 더 승산 있다고 생각하는 듯했다.

"제호야."

"어."

"혼전은 상황이 시시각각으로 변하기 때문에 자기 역할이 계속 바뀌는 거 알지?"

"알지. 그때그때 능동적으로 대처하는⋯⋯."

"그게 허접들한테 가능하겠냐고. 혼전 와중에 제 역할 잘 찾아다니는 게 가능하면 허접이라 부르겠냐?"

"⋯⋯."

백제호의 얼굴이 멍해졌다.

"걔네가 넌 줄 알아? 그럴 바엔 그냥 네가 선수로 뛰어."

그제야 백제호는 자신이 중대한 착각을 했다는 걸 깨달았다.

"그리고 말이다. 혼전 중에 가장 빛을 발하는 게 어떤 타입인 줄 아냐?"

서문엽은 TV에 나오는 제럴드 워커를 가리켰다.

"딱 저렇게 힘세고 맷집 좋고 방어력 우수해서 잘 버티는 타입. 아주 제럴드 워커한테 판을 깔아주는 격이지."

"⋯하아."

백제호는 한숨을 푹 쉬었다.

"난 정말 감독 체질이 아닌 것 같다."

"당연하지. 내가 시키는 대로만 했지 네가 언제 지능적으로 상황 판단을 한 적이 있기나 하냐?"

"⋯⋯."

팩트 폭행에 백제호는 무너졌다.

그래도 다행히 그날 서문엽이 도와줘서 최선의 전략을 짤 수는 있었다.

그래도 승산은 얼마 안 될 거라는 당부가 있었지만 말이다.

부녀가 함께 겨울 휴식기에 서문엽의 가르침을 받은 셈이었다.

그 덕분일까?

며칠 뒤에 열린 A매치 경기에서 한국은 분전을 펼쳤다.

결국 2—0 패배를 피하지 못했지만, 최강 팀 중 하나인 미국을 상대로 그럭저럭 분전했다는 칭찬이 줄을 이었다. 이제야 경기다운 경기를 했다는 평이었다.

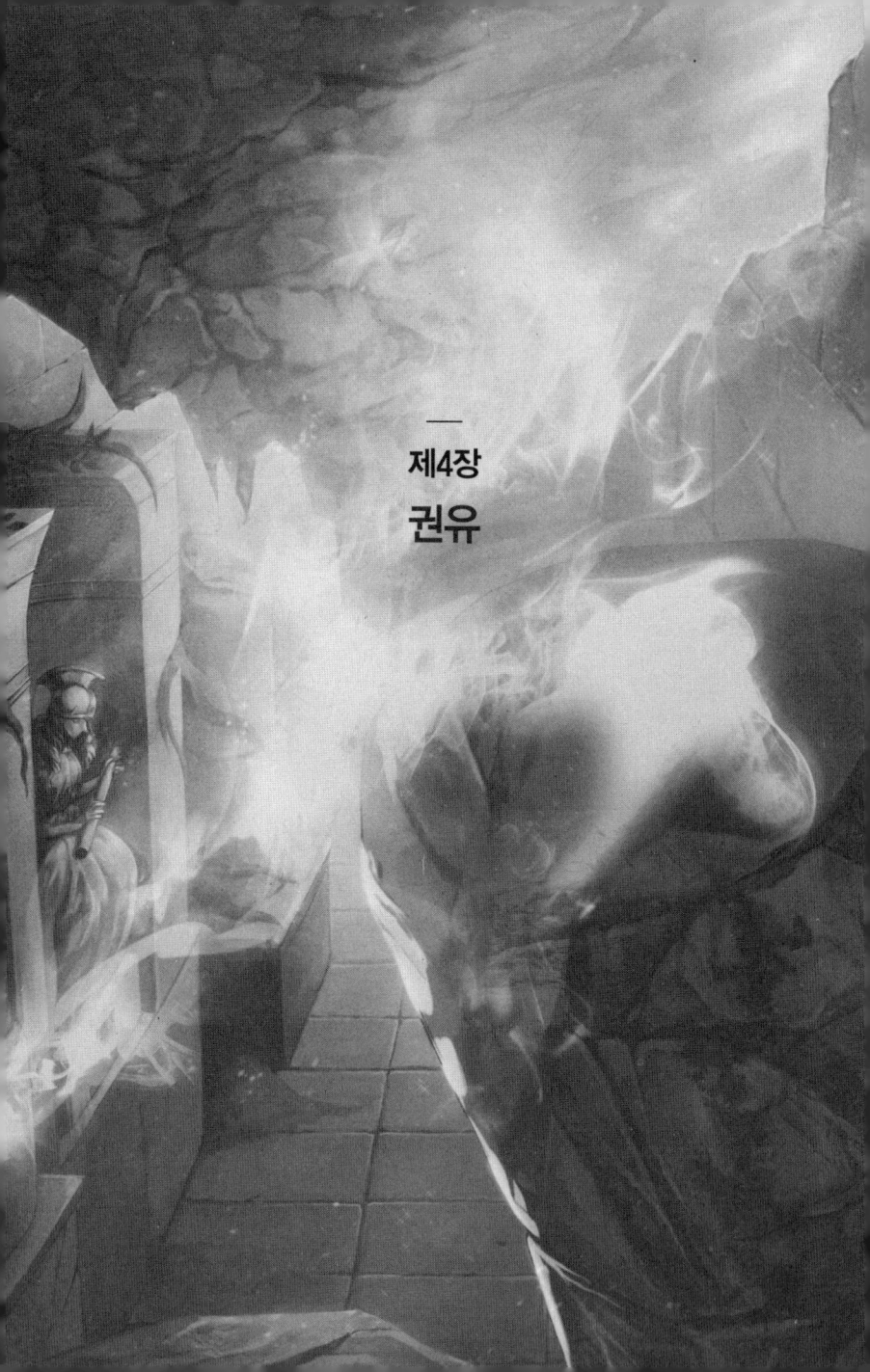

제4장
권유

미국이 추구하는 배틀필드 스타일을 소위 '파워 게임'이라 부른다.

파워 게임은 힘센 거구를 잔뜩 기용하는 스타일을 일컫는다.

싸움에서 체급보다 중요한 게 없고, 이는 배틀필드도 마찬가지라는 게 미국의 생각이었다.

그 대표적인 선수가 제럴드 워커다.

2.2미터의 거체에 괴물 같은 근육질.

거대한 사각 방패를 장난감처럼 가지고 놀며, 수수깡 휘두르듯 하는 핼버드는 한 대라도 제대로 맞으면 사망률이

100%.

그야말로 성벽 하나가 걸어 다니는 듯한 위압감을 선사하는 제럴드 워커였다.

그렇듯 제럴드 워커를 위시하여 육탄전에 최적화된 미국 팀을 상대로 한국 팀은 철저하게 게릴라 전술로 대항했다.

발 빠르게 치고 빠지며 미국의 사냥을 방해했다.

이는 거구 위주라 기동력이 느린 미국 팀의 약점을 노린 것.

대신 한국 팀도 게릴라에 몰두하느라 사냥을 못 했는데, 서로 사냥 및 성장이 망해서 경기를 혼전 양상으로 끌고 갔다.

한마디로 진흙탕으로 상대를 끌고 내려간 한국 팀의 집요한 전술이었다.

그중에서도 백하연의 활약이 두드러졌다.

한국 팀 내에서 최고의 기동력을 자랑하는 백하연.

그녀는 기존과는 전혀 다른 파격적인 변신으로 모두를 놀라게 했다.

적극적으로 달려들어 공격을 퍼붓자, 미국 팀이 허를 찔려 당황했음은 물론이었다.

채찍으로 잡고, 검을 휘둘러 피니시!

근접 딜러로의 변신은 중계진과 관중의 열광을 끌어냈다.

1, 2세트 도합 5킬의 쾌거까지 거두며 성공적인 포지션 변경이라는 평이었다.

백하연은 제럴드 워커를 상대로도 위협적인 상황을 여러 번 만들었는데, 이는 서문엽과의 대련이 큰 도움이 됐다.

굉장히 민첩해서 대응도 빠른 서문엽에 비해 제럴드 워커는 상대적으로 공략해 볼 만했던 것.

덕분에 제럴드 워커는 한국 팀에게 집중 공략 당하는 대상이 되어서 곤욕을 치렀다.

미국은 이겼지만 별로 좋은 플레이를 못 보여준 제럴드 워커는 인터뷰도 사양한 채 조용히 돌아갔다.

본래는 한국과 서문엽을 싸잡아 비하하며 도발을 거하게 할 생각이었을 테지만 말이다.

"어휴, 저 덩치 큰 놈이 조용히 물러나서 다행이에요. 우리 딸 너무 잘했다."

생방송 경기를 함께 TV로 본 한승희가 안도했다.

서문엽은 어깨를 으쓱했다.

"근데 사실 제럴드 워커는 오늘 경기에서 제 몫을 다 했어요. 보기에는 당하는 역할이었지만."

"그래요?"

"한국 팀 공격이 저 자식한테 집중됐잖아요. 적의 공격을 다 받아낸 걸로도 탱커는 역할 완수한 거예요. 변명처럼 보일까 봐 별말 안 한 모양이지만."

사실 한국 팀의 패배는 제럴드 워커가 집중 공격을 받았음에도 생각보다 오래 생존했기 때문이었다.

"싫어하면서 의외로 칭찬하시네요?"

"사실은 사실이니까요."

경기가 끝나고서 한국 팀의 인터뷰가 있었다.

인터뷰는 감독인 백제호와 선수 중에는 백하연이 참석했다.

—장기전을 노렸던 기존의 전략에서 큰 변화가 있었습니다.

백제호는 고개를 끄덕이며 답했다.

—예, 이쪽에서 적극적으로 먼저 뭔가를 해보자는 쪽으로 생각했는데, 비록 패배의 책임에서는 자유로울 수 없지만 한결 나아진 경기력을 보였다고 생각합니다.

—끈질긴 게릴라가 인상적이었는데요, 이런 전략을 쓴 이유가 있습니까?

—주변의 도움을 받았습니다. 상의한 결과 기존의 도망자 전략이 우리 팀에 어울리지 않는다고 판단했습니다.

그다음은 백하연의 인터뷰였다.

이날 경기의 화제는 백하연의 변신이 백미였으니까.

―삼촌에게 집중 훈련을 받은 덕에 성공적으로 포지션 변경을 할 수 있었습니다.

백하연은 당연히 서문엽을 언급했다. 기자들 사이에서 낮은 탄성이 흘렀다.

TV 보던 서문엽이 눈살을 찌푸렸음은 물론이었다.

"저것들이 쌍으로 또 나를 언급하네."

"왜요? 맞는 말이잖아요."

"자꾸 절 끌어들이려고 잔꾀 부리는 게 괘씸하잖아요."

"그러지 말고 한번 해보고서 생각해 보는 건 어때요? 한번 해본 뒤에도 생각이 변함없다면 더는 귀찮게 하지 않을 거예요."

"흐음……."

서문엽은 그 말에 고민에 잠겼다.

그녀의 말이 맞을지도 몰랐다.

'한번 해보기나 할까?'

배틀필드가 뭔지 한번 해보기나 하고서 판단하는 것도 나쁠 것 같지 않았다.

그가 고민하는 표정이 되자, 옆에서 흘깃 보던 한승희의 눈이 반짝거렸다.

*   *   *

"서문엽에게 2주 훈련받은 결과가 이 정도란 말인가?"

"예."

짙은 흰 수염의 건장한 노인, 한국 배틀필드 협회장 박진태는 안타까운 표정이 되었다.

"자네 딸의 자질을 완전히 꿰뚫어 봤다는 뜻이군."

"옛날부터 그랬습니다. 한눈에 사람을 판별했죠. 이미 입증된 베테랑도 거절하는가 하면, 애송이였던 저를 선뜻 받아들이기도 했습니다. 결국은 늘 옳은 선택이었다는 게 증명됐고요."

백제호가 말했다.

"팀 전략도 서문엽이?"

"네, 시간이 얼마 없어서 급조한 게 이 정도였습니다. 좀 더 시간을 들여서 동선을 다듬었다면 한 세트 정도는 이겼을지도 모릅니다."

"하아……."

박진태 협회장은 안타까운 한숨을 내쉬었다.

"이 얼마나 대단한 재능인가."

"인류를 구할 정도의 재능이죠."

"정말 싫다던가?"

"설득은 계속해 보고 있긴 하지만……."

"내가 한번 권해볼까?"

박진태 협회장이 제안했다.

"그런다고 될까요?"

"옛날에 인연도 있었잖아. 그 친구 잔심부름이나 다니던 어릴 때 처음 던전 공략에 데려다준 게 나였어."

그리고 서문엽과 그런 인연이 있었다는 이유로 협회장이 되었다.

"신경이나 쓸까요? 이렇게 말씀드리긴 뭐하지만, 세상 구해줬으니 비긴 거라고 대꾸할 녀석입니다."

"뭐, 그렇긴 하지. 그때도 고마워하는 기색이 없었어. 자기 몫을 다 할 텐데 고마워할 이유가 있느냐는 태도였지. 흐흐, 애송이였던 녀석이."

백제호는 쓴웃음을 지었다.

불운한 어린 시절과 험한 삶 탓에 성격이 거칠지만, 기본적으로 서문엽은 타고난 성품이 오만했다. 자기 자신에 대한 강렬한 확신에 차 있는 이상한 인간이었다.

"그래도 한번 시도나 해보지. 프로리그 개막 전에 자선 경기를 하나 열려고."

"그런 계획이 있었습니까?"

"아니, 방금 생각했지."

"……"

빤히 쳐다보는 백제호.

박진태 협회장은 씨익 웃었다.

"서문엽만 낀다고 하면 스폰서는 1시간 만에 줄을 세울 수 있어."

*   *   *

그날 저녁, 백제호가 손님을 데려왔다.

"안녕하셨습니까?"

"어머, 어서 오세요, 협회장님."

식사 준비를 하던 한승희가 박진태 협회장을 반갑게 맞이했다.

서문엽은 늘 그랬듯 거들떠도 안 보고 TV에나 몰입하고 있었다.

박진태 협회장이 그런 서문엽에게 다가가 물었다.

"뭐 보나?"

"미안하다 사과한다."

"헐, 그걸 이제 본다고?"

"그간 많이 바빴거든요. 그런데……."

서문엽은 흘깃 박진태 협회장을 올려다봤다.

"협회장이라는 얘기는 들었습니다. 감투 좋아하는 줄은 몰랐는데요."

"누가 지저 문명을 끝장내는 바람에 일자리가 없어서 말일세."

박진태 협회장은 씨익 웃으며 대꾸했다.

"던전에서 골로 간 아는 사람 명단에서 빼줬으니 고마운 줄을 알아야지."

"아주 고마워. 자, 세상을 구한 친구. 나와 얘기나 하지."

"좋아요. 거절할 준비가 된 나를 어떻게 설득할지 눈물겨운 노력을 봐주지."

"새삼 느끼지만 참 삐뚤어졌어, 자넨."

"아동 학대 보육원장 밑에서 자라고 사춘기는 던전에서 흉기 휘두르며 보낸 제가 삐뚤어졌다고요? 믿을 수가 없어요."

"더 힘든 상황에서 업적을 세운 광화문 광장의 자네 동지를 생각해 보지 그러나?"

이순신 장군과 함께 광화문 광장에 동상을 장식했다는 건 지금 생각해도 참 위대한 업적이었다.

"역시 나도 그 친구를 본받아서 거기서 죽었어야 했죠? 완벽한 피날레였는데 눈치도 없이 아등바등 살아 돌아와서는 17년만큼 원시인이 되었죠."

"원시인치곤 IPTV를 참 잘 이용하는 것 같지만. 자자, 그만두고 진지하게 이야기하지. 자네, 배틀필드 한번 안 뛰어보겠나?"

"네, 안 뛰어보겠어요."

"내 얼굴 봐서라도 안 되겠나?"

"미녀를 데려와도 모자랄 판에 다 늙은 상판을."

"그렇게 간단히 말해도 되겠어? 단검을 던지기나 하던 자네에게 방패와 창을 들려줘서 올바른 포지션을 찾게 한 게 누구 도움 같나?"

"아저씨죠."

"난생처음 고급 일식집 데려간 사람은?"

"아저씨죠."

"오, 던전을 데리고 다니며 던전 공략이 어떤 건지 친절하게 알려준 사람이 누군지도 기억나겠군?"

"…진태 아저씨죠."

"휴, 다행이야. 난 또 젊은 나이에 치매가 와서 은혜를 다 잊어먹은 줄 알았지."

"근데 저도 한 가지 물어볼 게 있는데요."

"물어봐."

"아저씨 집 주소는 무슨 안드로메다라도 되나 보죠?"

"그게 무슨 소리야?"

"제가 구해준 지구에서 사시는 분이 은혜를 운운하기에 혹시나 싶었어요."

"……."

박진태 협회장의 표정에 짙은 수심이 어렸다.

제대로 된 대화가 되려면 한참 걸릴 듯했다.

"이른 시일 내에 자선 경기가 열릴 거야."

"프로리그 개막이 얼마 안 남은 이 시점에서? 쿵쿵, 급조한

계획 냄새가 난다."

"⋯⋯."

박진태 협회장은 다시 말문이 막혔다.

이들의 대화를 지켜보던 백제호도 고개를 휘휘 저었다.

"식사하세요!"

때마침 한승희가 박진태 협회장을 살렸다.

식사 내내 박진태 협회장은 서문엽에게 다시 권유를 하지 못하고 전전긍긍했다.

그런데 때마침 백하연이 귀가했다.

"엄마, 밥!"

"얼른 씻고 와. 밥 차려져 있다."

"넹!"

후딱 샤워하고 머리를 대충 말려서 젖은 채로 온 백하연은 식사에 참여했다.

"삼촌! 나 삼촌 덕에 오늘 완전 좋았어!"

"다행이네."

"응, 그런 경험은 처음이야. 직접 나서서 뭔가를 해보겠다는 생각이 파바박 드는 거야. 세상에! 내가 제럴드의 왼쪽 다리를 베어서 절게 만들었다고! 삼촌을 상대할 때처럼 막막하지가 않아서 자신감이 들었어."

"당연하지. 삼촌처럼 위대한 사람은 없어요."

한껏 거들먹거리는 서문엽.

"어쩜 내 재능을 알아봐 주다니. 삼촌은 정말 대단한 것 같아. 만약 삼촌이 싸웠더라면 제럴드 워커 같은 건 별거 아니었겠지?"

"당연하지. 그런 녀석의 천적이 딱 나 같은 타입이거든."

"그래? 어떻게 할 건데?"

"그런 놈을 직접 쓰러뜨리기는 힘들어. 대신 허수아비로 만들 수는 있지. 녀석은 날 상대하느라 바쁜데, 난 활발하게 움직이면서 다른 쪽 싸움도 거드는 식으로. 그럼 녀석은 무사해도 다른 동료가 다 죽어 있게 되는 거야."

"호오, 기동성을 활용해서 팀플레이에 주력해 제럴드 워커의 존재 가치를 지우는 식인가."

조용했던 박진태 협회장이 끼어들었다.

"정확히 나단 베르나흐가 그렇게 제럴드를 농락했지."

"그래요? 역시 제가 칭찬한 친구네요."

"그 경기를 본 적도 없으면서 핵심을 짚었어. 역시 자네 같은 천재는 배틀필드를 해야 해."

서문엽의 눈살이 찌푸려졌다.

2차전이 열렸다.

*   *   *

"편하게 생각해. 그냥 자선 경기야. 오, 그래. 수익금은 모두

네가 좋아하는 세이브 더 칠드런에 전달하마."

"흐음……."

서문엽은 고심했다.

확실히 한 번은 체험해 볼까 하는 충동이 들었다.

아바타로 뛰는 느낌은 어떤 건지 궁금하긴 했다.

"자선 경기에만 참여해 준다면 더는 귀찮게 하지 않겠어."

고민 끝에 서문엽이 입을 열었다.

"그렇다면 한 가지 조건이 있는데요."

"뭐든 말해봐. 한 가지가 아니어도 돼."

"그럼 두 가지."

"오케이, 마음껏."

"첫째는 하연이와 같은 팀에 넣어줘요."

신나게 밥을 퍼먹던 백하연이 눈을 동그랗게 떴다.

"가상이라도 죽이기 위해 손쓰고 싶지 않아요."

"호오, 알겠네. 두 번째는?"

서문엽은 박진태 협회장의 옆에 앉아 있는 백제호를 가리켰다.

"이 자식도 같이 뜁니다."

"컥!"

백제호는 사레가 들릴 뻔했다.

"자선 경기라면서요? 재미로 하는 건데 뭐 어때요?"

"난 왜?"

"좋은 일인데 너도 참여해야지?"

"끄응!"

낭패라는 얼굴이 된 백제호.

박진태 협회장은 껄껄 웃었다.

"좋군. 7영웅의 두 사람이 다시 뭉친다면 스폰서도 넘쳐나겠어."

저녁 식사 후.

박진태 협회장이 떠나자마자 인터넷 뉴스에 바로 소식이 떴다.

(서문엽, 협회 주관의 자선 경기에 참여 결정!)

(서문엽, 다시 백제호와 호흡 맞춘다)

(서문엽 드디어 배틀필드에 오나)

(서문엽 자선 경기 참여, 백제호 백하연과 호흡 맞추기로)

서문엽의 배틀필드 플레이를 볼 수 있게 되었다는 뉴스가 세상을 뜨겁게 달구었다.

"우와, 댓글도 무지 많네."

"그 영감, 신나서 기자들에게 전화 돌렸군."

"나 완전 기대돼. 삼촌이랑 같이 배틀필드를 할 수 있다니!"

"그래그래……."

서문엽은 그냥 세상만사가 귀찮은 표정이었다.

'최후의 던전에서 이제 막 돌아온 사람한테 왜들 이렇게 바라는 게 많은 건지.'

최후의 던전에서 죽음을 느낄 정도로 처절하게 싸운 이후로 서문엽은 모든 의욕을 잃었다.

인생의 목표였던 지저 문명을 끝장낸 후 정신적으로 무기력해진 것이다.

그저 TV나 보며 한가하게 세월을 낭비하고 싶었다.

덤으로 얻은 인생인데, 꼭 의미 있게 쓸 필요는 없지 않은가?

'쯧, 이왕 이렇게 된 거 배틀필드가 뭔지 한번 맛은 봐야지.'

해보지도 않고 싫다고 하는 것보다는 그 편이 더 남들이 납득하기 좋을 터였다.

"근데 나는 또 왜 끌어들이는 거야? 난 무기를 손 놓은 지 17년째야. 무슨 망신을 당하라고……."

한숨을 푹푹 쉬며 백제호가 투덜거렸다.

서문엽은 씨익 웃었다.

"괜찮아. 남은 시간 동안 감각이 돌아오도록 재활 훈련을 하자고."

"맙소사, 돌겠군."

"나만 믿어. 국가 대표로 뛰는 병신들보단 나을 거야."

"아무리 그래도 은퇴한 지 17년 차인 48세의 중년이란 말

이야."

"내 말은 틀린 법이 없어, 친구."

그러면서 서문엽은 백제호의 능력치를 다시 한번 확인했다.

—대상: 백제호(인간)

—근력 55/70

—민첩성 79/100

—속도 80/99

—지구력 55/69

—정신력 83/90

—기술 52/70

—오러 69/72

—초능력: 순간 이동

—순간 이동(초능력): 30초에 한 번씩 10미터 이내의 거리를 건너뛸 수 있다.

능력치가 많이 떨어졌지만 이는 17년간 훈련을 전혀 안 했기 때문이다.

다시 훈련을 시작해 감각만 회복하면 단시간에 능력치를 많이 회복할 수 있다.

거기다가 아직도 민첩성과 능력치는 현역 선수와 비교해도

준수한 편이 아닌가.

'순간 이동은 써먹기 좋은 초능력이니까.'

일단 호흡이 맞는 동료가 하나라도 있어야 서문엽도 배틀 필드에 적응하기 편하니까 백제호가 필요했다.

그리고 솔직히, 그냥 고생 좀 시키고 싶었다.

"내일부터는 지옥 훈련이다, 백제호."

"옛날 생각이 나네. 17년이나 지났는데. 이제 와서……."

울상이 된 백제호는 다음 날부터 서문엽과 함께 아침부터 푸닥거리를 하게 되었다.

"뭐 해! 둔해 빠져가지고는! 뒈지게 맞을래?!"

"너 내 딸한테도 이런 식으로 가르쳤어?!"

"아니! 그냥 상대가 너면 말부터 거칠어져! 그러니까 일어나! 방패로 대갈통을 쪼개기 전에!"

"세상에……."

백제호는 오랜만에 쥔 검으로 다시 덤벼들었다.

정확히 세 번을 휘두르고서는 다시 뒤로 빠졌는데, 서문엽이 호통쳤다.

"이 새끼야! 내가 옛날에 너한테 뭐라고 가르쳤었냐?"

"넌 테크닉이 썩었으니까 그저 상대보다 0.1초 빨리 움직이라고?"

"잘 기억하는 새끼가 그래?!"

"하아, 알았어. 더 빨리할게."

순간 백제호의 눈빛이 변했다.

그는 땅으로 다이빙을 하는 듯 몸을 던지더니.

파앗!

순간 이동으로 서문엽의 머리 위에 나타났다.

퍼펑!

2연속으로 휘두른 검이 서문엽의 방패에 막혔다.

땅에 착지한 뒤 바로 뒤로 빠지는 백제호.

"어땠어? 이번엔 손맛이 괜찮았는데?"

"괜찮긴 한데 예전엔 같은 상황에서 3연속으로 벴던 거 기억나?"

"거기까지는 좀 봐달라고."

"아무튼 이건 필살기야. 순간 이동을 공격 때 써먹었다는 건, 자력으로 탈출해야 한다는 뜻이라고."

"반드시 타깃을 죽이지 않으면 내가 위험하다는 거지. 나도 기억해."

"좋아, 아무튼 감각이 서서히 돌아오고 있는 것 같군."

하루 종일 한 훈련이었다.

하지만 그사이에 52까지 떨어져 있던 기술이 54로 회복된 상태였다.

고작 하루 만에 말이다.

이는 잊었던 테크닉을 다시 기억하기 시작했다는 뜻.

민첩성과 속도도 각각 1씩 올라 있었다.

"역시 하면 되잖아. 쓸데없다고 게으름 피우지 말고 매일 운동 삼아 훈련 좀 해두라고."

"그 말을 정확히 내가 되돌려 주고 싶구나, 친구야. 게으름 좀 피우지 말고 뭔가를 해."

"그게 꼭 배틀필드라는 법은 없지."

"그거 말고 네가 할 수 있는 일이 또 뭔데?"

"드라마 리뷰를 하는 파워 블로거가 될 거야."

서문엽의 당찬 포부에 백제호는 심히 황당함을 느껴야 했다.

*   *   *

백제호와 훈련을 시작한 지 사흘째.

충분한 성과가 나와서 만족하고 있는 시점이었다.

"삼촌, 오늘은 나랑 같이 배틀필드 경기장에 가야 해."

"왜?"

"아바타를 만들어야지."

"그거 만드는 데도 작업이 따로 필요하니?"

"번거로운 작업은 아니고 그냥 확인 차원이야."

"확인?"

"응, 간혹 아바타에 문제가 생기는 경우가 있거든. 그럴 땐 조정이 필요하기 때문에 미리 체크하는 거래."

"번거롭군. 슬슬 귀찮아지기 시작하는데."

"그러지 말고 어서 준비해."

눈살을 찌푸린 서문엽은 백제호를 바라보았다.

"넌 안 해도 돼?"

"대표 팀 감독 맡으면서 해봤어."

결국 서문엽만 백하연을 따라가야 했다.

부르릉!

노란색 람보르기니에 시동을 거는 백하연.

어딘지 익숙한 그 차를 보며 서문엽은 고개를 갸웃거렸다.

"어디서 많이 본 차인데?"

"번호판 봐봐."

번호판을 확인한 서문엽은 눈을 부릅떴다.

"내 차잖아?!"

"응, 삼촌 유품 경매에서 아빠가 샀어."

"굳이 이 차를?"

"차 말고도 이것저것 잔뜩 샀을걸."

"나한텐 그런 말 없었는데?"

백하연은 히죽 웃었다.

"다큐 영화 보고도 그렇게 놀렸잖아. 부끄러워서 그냥 창고
에 놔둔 거지."

"근데 넌 왜 이 오래된 차를 굳이 타고 다니니?"

"운전 연습할 때 타다 보니 익숙해져서. 흐흐, 서문엽 스포

츠카라고 사람들이 꽤 부러워해."

"별게 다 유물이 되네. 경매에 내가 쓰던 비데도 나오디?"

백하연은 깔깔거리며 출발했다.

향한 곳은 A매치 경기를 치렀던 서울 배틀필드 상설 경기장이었다.

협회 측에서도 사람이 나와 기다리고 있었다.

"오셨습니까, 서문엽 씨."

한국 배틀필드 협회 측의 젊은 남자 직원이 한 명.

그리고 중년 백인 남성이 또 한 명.

중년 백인 남성이 영어로 뭐라고 인사하자, 젊은 남자 직원이 설명했다.

"이분은 세계 배틀필드 협회에서 나오셨습니다."

"세계 초인 협회?"

"네, 사실 배틀필드 시스템은 세계 협회에서 관리하거든요."

중년 백인 남성은 서문엽의 두 손을 잡고 열렬히 흔들었다. 뭐라고 떠들어대는데, 서문엽을 직접 만나서 영광이라는 눈치였다.

"해야 할 일이 뭔지 빨리 좀 하지. 소문나면 금방 기자 몰려오니까."

"예, 이쪽으로 오시죠."

젊은 남자 직원은 함께 경기장 내부를 걸으며 설명을 했다.

"일단 서문엽 씨의 운동 능력을 체크하고, 아바타의 운동

능력과 비교하여 싱크가 맞나 확인할 겁니다. 사실 싱크가 맞지 않는 일은 한 번도 없었습니다."

"그 정도로 정확할 수가 있나?"

서문엽이 의문이 들어 물었다.

"예, 선수의 모든 체질을 고스란히 스캔해서 아바타에 반영합니다. 심지어 본인도 자각 못 한 초능력까지 말이죠."

"희한하군. 그게 가능할 정도의 지식이 인류에게 생겼는지 몰랐는데."

지저 문명에 대한 것이 미스터리이듯, 초인에 대해서도 그러했다.

어떻게 초인이 되고, 어떤 원리로 초능력을 자각하는지 알려지는 바가 전혀 없었던 것이다.

서문엽의 말에 젊은 남자 직원은 하하 웃었다.

"하하, 사실 배틀필드 시스템에 대해서는 비밀이 많습니다. 세계 협회에서 관리하는데, 세계 협회에서도 극소수 외엔 전혀 모른다더군요."

"IT 기술 같은 게 아닌가?"

"네, 듣기로 누군가의 초능력이 활용되어서 제작된 시스템이라고 들었습니다."

"희한하네. 지저 문명 흉내를 내고 있어."

"하하, 지저 문명이라뇨."

"하는 짓이 그렇잖아. 알고 보니 세계 협회의 배후에 지저인

이 있다거나 그런 거 아냐?"

"서, 설마요."

젊은 남자 직원은 쩔쩔맸다.

마치 협회가 지저 문명과 결탁했을지도 모른다는 투였기 때문이다.

"뭐, 그땐 다 죽이면 그만이니까."

그러면서 휘파람을 부는 서문엽.

이를 보며 젊은 남자 직원은 속으로 생각했다.

'성격이 많이 꼬였다더니 정말이었구나. 조심하자.'

박진태 협회장으로부터 당부는 들었지만, 이 정도였을 줄은 몰랐다.

"아무튼 운동 능력을 체크한 후에는 초능력도 체크할 겁니다. 사실 아바타에 생기는 문제는 대부분 초능력입니다."

"왜지?"

"10년에 한두 번 있을까 말까 한 일인데, 해당 초인이 가진 초능력이 배틀필드에 부적합할 수 있거든요."

"예를 들면?"

"서문엽 씨도 잘 아는 사람이 있죠. 슈란 씨를 기억하시죠?"

그 말에 서문엽의 눈이 커졌다.

"그 꼬맹이?"

"하하, 지금은 서문엽 씨보다 4살 연상이죠."

슈란.

중국의 초인으로, 7영웅 멤버였다.

최후의 던전을 공략할 당시, 겨우 17세의 소녀였다.

그 어린 나이에 7영웅에 뽑힌 건 전투 센스가 천재적이어서가 아니었다.

단지 초능력 하나 때문이었다.

그 초능력의 위력이 상상을 초월했다.

'소멸 광선은 확실히 반칙이지.'

위력이 너무 세서 경기 자체가 성립될 수 없었다.

"그래서 그 꼬맹이는 어떻게 됐지?"

"위력을 축소시킨 아바타를 만들어 드렸지만, 결국 마음에 안 든다고 배틀필드를 관뒀습니다."

"그렇겠지. 참 성격이 까다로운 꼬맹이였거든."

서문엽은 고개를 휘휘 저었다.

뺀질거린다고 많이 구박했던 게 생각났다. 다시 만나면 이제 자기가 연상이라고 거들먹거릴 것 같아 싫었다.

'절대 만나지 말자.'

제5장
초인 중의 초인

"자, 이쪽입니다."

각종 운동 기구가 설치된 방에 도착했다.

"일단 이곳에서 근력과 민첩성, 오러양을 측정할 겁니다. 아바타의 싱크로율 확인을 위해 정확한 측정을 해야 하니 최선을 다해주시길 바랍니다."

"좋아."

서문엽은 순순히 측정에 응했다.

먼저 근력.

벽에 붙은 용수철 달린 손잡이를 있는 힘껏 잡아당겼다.

그러자 벽면에 붙은 디지털 액정 화면에 813이라는 숫자가

표기됐다.

"네, 좋습니다. 한 번 더 가주세요."

두 번째, 세 번째 측정에서도 800점대 초반이 나왔다.

분석안에 나오는 서문엽의 근력은 79.

초인들의 평균치보다는 높지만, 탱커치고는 살짝 아쉬운 편이었다.

그래서인지 측정하는 협회 측에서도 딱히 이렇다 할 반응이 없었다.

하지만 서문엽의 진가는 민첩성을 측정할 때 드러났다.

양쪽 벽면에 붙은 스위치를 왔다 갔다 하며 누르는 테스트였다.

파팟! 팟! 팟!

좌우로 빠르게 방향을 전환하며 스위치를 누르는 서문엽.

"히익?!"

백하연이 비명을 질렀다.

그녀도 피지컬 측정 때 저 테스트를 정기적으로 한다. 저렇게 빠르지는 못했다.

"세상에, 탱커야, 딜러야?"

젊은 남자 직원이 놀라워했다.

세계 협회에서 온 중년 백인 남성도 눈이 휘둥그레져서는 호들갑을 떨었다.

"몇 점이야?"

첫 번째 측정을 마친 서문엽이 물었다.

"963점입니다. 정말 놀랍네요."

"흐음, 970은 넘기겠는데?"

천연덕스럽게 대꾸한 서문엽은 두 번째 측정에서 정말로 971을 기록했다.

"이거 최고 기록이 몇 점이야?"

"팀 내 피지컬 테스트 때 1,007점을 기록한 사례가 있습니다."

"그거 혹시 나단 베르나흐야?"

"아시는군요?"

깜짝 놀란 직원에게 서문엽이 답했다.

"걔 전성기 제호와 견줄 정도로 빠르더라. 그래서 혹시나 싶었지."

민첩성 100을 가진 백제호와 견줄 수 있는 재능의 소유자가 흔할 리 없었다.

아마 나단 베르나흐도 민첩성 100의 소유자이리라.

7영웅을 선발할 때도 없었으니까, 당대에 한둘 나올까 말까라고 해도 좋은 재능이었다.

"자, 한 번만 더 측정하겠습니다."

"좋아, 975점을 노려보겠어."

의기양양하게 세 번째 측정에 임한 서문엽.

잠시 눈을 감고 심호흡을 하며 집중력을 끌어올렸다.

들이쉬고.

내쉬고.

자신의 몸에 집중하면서, 점점 육체 능력이 수면 위로 완전히 끄집어내진 듯한 기분이 들었다.

'오늘따라 컨디션이 좋은데?'

희한하게 집중하려고 마음먹자 몸이 세포 하나하나 날카롭게 살아나는 듯했다.

이런 기분은 처음이었다.

아니.

처음이 아니었다.

딱 한 번 이런 기분을 느낀 적이 있었던 것 같았다.

삐익!

신호가 울리자 서문엽은 잽싸게 움직였다.

좌로, 우로, 좌로, 우로.

아까보다 페이스가 확연히 빨랐다.

놀라서 멍해진 협회 측과 백하연의 얼굴도 보이지 않았다.

서문엽은 무아지경에 접어든 채 정신없이 좌우로 왕복하며 스위치를 눌렀다.

삑!

시간이 끝나자 서문엽은 그제야 멈춰 섰다.

"이번엔 꽤 빨랐는데? 얼마나 나왔어?"

서문엽이 물었다.

직원은 그야말로 경악에 찬 얼굴로 말했다.

"1,007점! 1,007점이에요!!"

"진짜?"

"세상에! 정말 굉장해요, 서문엽 씨! 괜히 전설이 아니었어요!"

나단 베르나흐의 최고 기록과 타이를 이룬 것이었다.

"내 평생 가장 빨리 움직였던 것 같아."

서문엽 스스로도 신기했다.

방금 놀랄 정도의 집중력이 생기더니 그야말로 미친 듯이 움직였다.

1,007점 타이라니.

자신의 민첩성은 97로 매우 높지만, 나단 베르나흐가 전성기 백제호와 동급이라 했을 때는 그보다 약간 처진다.

그런데 타이기록이 나온 것이다.

'아무래도 내가 방금 능력 이상의 움직임을 발휘한 것 같은데.'

어느 때보다도 고조되었던 그 집중력이 아직도 몸에 남아 있었다.

서문엽은 직원에게 말했다.

"잠깐 근력 측정을 다시 해볼 수 있을까?"

"예? 그럴 필요가 있을까요?"

"한 번 시험해 보고 싶은 게 있어서."

"알겠습니다. 원하신다면 해드려야죠."

서문엽은 다시 용수철이 달린 손잡이를 손에 쥐었다.

눈을 감고 다시 정신을 집중했다.

집중력, 집중력!

"크아아압!"

괴성을 지르며 손잡이를 힘껏 당겼다.

"오!"

"높다!"

다시 감탄사가 쏟아졌다.

그제야 손잡이를 놓은 서문엽이 물었다.

"얼마야?"

"890점이야, 삼촌. 아까보다 훨씬 좋은데? 이제 몸이 풀린 거야?"

"아니, 좀 더 집중이 잘된다고 할까?"

서문엽은 자신의 손을 바라보았다.

역시나 자신의 한계 이상의 근력이었다.

'이게 어떻게 된 일이지? 내가 그사이에 힘이 세졌나?'

그럴 리는 없었다.

능력치가 성장했다면 분석안으로 높아진 수치를 확인할 수 있었을 것이다.

'이게 무슨 죽다 살면 더 세지는 외계 종족도 아니고.'

그렇게 중얼거렸다가 문득 뇌리에 어떤 추측이 스쳤다.

'가만, 최후의 던전?'

딱 한 번 이런 기분을 느낀 적이 있었다.

그것은 바로 죽기 직전의 사투였다.

죽음을 앞두고서 초인적인 정신력을 발휘하며 버텼던 그때 말이다.

'정신력이다!'

무려 110짜리 정신력!

그것이 집중력을 갑자기 고도로 높여준 원인 같았다.

'정신력이 이런 효과도 있었나?'

고통을 견디는 인내심과 위급한 순간에도 침착하는 평정심 등에 영향을 끼친다고 생각은 했다.

또한 집중력에도 영향을 끼치니, 이게 낮으면 다른 수치가 아무리 높아도 온전히 활용 못 한다는 것도 알고는 있었다.

그런데 설마하니 가진 능력 이상의 힘까지 발휘할 줄이야.

인간의 한계 100을 넘어선 수치다 보니 그런 위력까지 내는 모양이었다.

'이제 더 이상 싸울 필요가 없는데, 쓸데없이 점점 더 강해 지는군.'

분석안조차도 배틀필드를 하라고 부추기는 것 같았다.

"이제 마지막으로 오러양입니다. 자, 이 구슬을 봐주세요."

사람 머리통만 한 구슬이 테이블 위에 놓여 있었다.

"이 구슬에 손을 얹고 오러를 최대한 주입하시면 구슬의 색

깔이 변할 겁니다."

"그래? 신기한 도구네. 옛날엔 그냥 무기에 오러를 주입해서 맺혀 있는 양을 대충 쟀는데."

"하하, 지금은 천 단위 점수까지 제대로 측정됩니다. 오러양은 선천적으로 각성 시에 타고난 부분이 커서 유망주를 평가할 때 가장 중시되는 기준이기도 하죠."

"확실히 훈련으로 키우기가 어렵긴 하지."

서문엽도 고개를 끄덕였다.

분석안을 처음 각성했을 때 확인한 자신의 오러 재능은 96/100이었다.

명상이든 호흡법이든 온갖 방법을 동원해서 남은 4를 채우기 위해 기를 써야 했다.

물론 지금은 100/100.

정신력, 기술과 함께 서문엽이 인류 최고라고 자신하는 분야였다.

생각해 보면 인생이 많이 불행했던 만큼, 재능은 많이 타고난 그였다.

구슬에 손을 얹었다.

그러고는 있는 힘껏 오러를 퍼부었다.

파아아아아아앗!!!

오러가 주입된 구슬이 점점 푸른색으로 물들기 시작했다.

"헉!"

이번에도 지켜보는 모두가 놀랐다.

푸른빛에 물드는 속도가 심상치 않았다.

삽시간에 푸른빛이 가득 찬 구슬은 또다시 빛깔이 보라색으로 변했다.

그 결과, 완전한 보라색 구슬이 됐다.

"My god……!"

중년 백인 남성은 넋이 나가 버렸다.

디지털 액정 화면에 쓰인 숫자가 너무나도 충격적이었기 때문이었다.

1,030.

이윽고 오러를 모두 회수한 후에 구슬에서 손을 뗀 서문엽이 물었다.

"이 점수면 어느 정도야?"

멍해진 직원이 중얼거리듯이 말했다.

"방금 인류 최고 기록을 경신하셨습니다."

"그래?"

"예, 참고로 기존의 신기록은 슈란 씨가 기록한 1,012였습니다."

"하하, 그 꼬맹이도 오러양 장난 아니었지."

전부 밑바닥인데 오러양과 초능력만은 괴물 같았던 중국 소녀 슈란을 떠올리며 서문엽은 유쾌하게 웃었다.

기억에 슈란도 99/100이었다. 오러양으로는 유일한 적수였

는데 오늘 자신이 이긴 것이다.

"삼촌!"

백하연이 달려와 호들갑을 떨었다.

"진짜 삼촌 배틀필드 해야 해! 근력 890에 민첩 1,007, 오러 1,030이면 완전히 괴물이란 말이야!"

"누누이 말했잖니, 삼촌 대단한 사람이라고."

우쭐해하는 서문엽.

"그러니까 배틀필드 해! 그런 능력을 가지고 안 한다는 건 말도 안 돼! 죄악이야!"

"지구도 구해줬는데 그 정도 죄는 용서하자꾸나."

"올해의 선수상을 수상하는 최초의 한국인이 될 수도 있단 말이야! 어떻게 그런 능력을 갖고 배틀필드를 안 할 수가 있어? 말도 안 돼!"

"……"

잔뜩 흥분해서 배틀필드를 하라고 강요하는 백하연.

그때, 직원이 말했다.

"현실에서 측정은 끝났으니 이제 아바타에 접속해 볼까요?"

"오케이."

"이쪽으로 오십시오."

선수 대기실에 도착했다. 샤워실과 라커 룸이 있었고, 밖으로 나가니 더그아웃이었다.

경기장 안쪽으로 열린 출입구 양옆에 큰 원통형의 접속 모

들이 도열해 있었다.

"여기 들어간 후 접속 모듈이 실행되면 아바타 상태로 던전에 접속합니다. 그러면 저 대형화면에 보이게 되죠."

직원은 4방향에 각기 설치된 대형화면을 가리켰다.

어느 관객석에서도 아주 잘 보일 만한 초대형 스크린이었다.

"그 아바타 말이야. 게임하고 비슷한 건가? 아이템 같은 걸 껴야 하고 뭐 그런?"

서문엽의 질문에 직원은 고개를 저었다.

"아뇨, 접속 모듈에 들어갔을 때의 옷차림과 무기를 그대로 반영합니다. 그래서 선수들이 잔뜩 중무장을 하고서 모듈 안에 들어가잖습니까."

"아, 그랬지."

"지금 상태 그대로 접속 모듈에 들어가시면, 아바타도 맨손에 트레이닝복 차림일 겁니다. 근데 여러 가지 테스트를 해야 하니까 일단은 무기도 가지고 들어가시죠."

"그럼 창이나 한 자루 줘봐."

"네, 잠시만 기다리십시오. 직원이 가져올 겁니다."

잠시 후, 다른 남자 직원이 창과 방패를 가져왔다.

꽤나 무거웠는지 낑낑거렸지만, 서문엽은 그것들을 가볍게 받아 들었다.

"내가 쓰던 창은 아니네."

서문엽은 한 손으로 다루기 쉽고 던지기도 용이하도록 짧고 가벼운 창을 쓴다.

지금 받은 창은 더 길고 묵직했다.

"그건 표준형으로 제작된 창입니다. 선수마다 자기 스타일에 맞는 커스텀이 따로 있습니다만, 그렇지 않은 경우는 그냥 표준형을 쓰죠."

"방패도 불편한데."

방패는 제럴드 워커가 쓰는 것과 비슷한 사각 방패였다.

서문엽은 더 작은 원형 방패를 즐겨 썼다.

"그것도 탱커들이 많이 쓰는 표준형 방패죠. 일단 경기장에 준비되어 있는 게 이것뿐인데, 불편하시면 다른 걸 구해올까요?"

"아니, 됐어. 귀찮으니까 그냥 가자."

그러면서 서문엽은 사각 방패를 휙 던져 버렸다.

창 한 자루만 쓰겠다는 뜻이었다.

"아바타 상태에서도 측정해야 하기 때문에 방어구는 생략했습니다. 그럼 접속 모듈에 들어가 주세요."

서문엽은 관짝 같아서 찜찜하다며 투덜거리고는 접속 모듈 안에 창을 가지고 들어갔다.

파아앗!

밝은 빛이 서문엽을 덮쳤다.

가상 던전으로의 첫 접속이었다.

　　　　　*　　　　*　　　　*

　접속한 공간은 현실에서 피지컬 측정했던 곳과 완전히 동일했다.

　"신기하네."

　서문엽은 몸을 움직여 보았다.

　실제 몸이 아닌 아바타일 텐데도, 느껴지는 감각이 완전히 동일했다.

　―들리십니까, 서문엽 씨?

　직원의 목소리가 울려 퍼졌다.

　"어. 너무 울리니까 조용히 말해라."

　―네, 죄송합니다. 일단은 아까와 동일하게 근력부터 측정하겠습니다.

　마찬가지로 근력, 민첩성, 오러양을 측정했다.

　이번에도 집중력을 최대로 발휘하여서 측정에 임했다.

　근력은 888, 891, 874.

　민첩성은 1,001, 1,006, 999.

　오러양은 1,028, 1,031, 1,027.

　오러양에서 나온 1,031로 다시 한번 신기록을 경신하게 된 서문엽이었다.

　―기록을 보니 아바타와 실제 몸의 싱크로율은 문제없는

것 같습니다. 뭐, 싱크로율에서 문제가 생겼던 적은 한 번도 없었지만요.

"그럼 역시 문제는 초능력이군."

—네, 그런데 서문엽 씨의 초능력은 던지기 하나잖습니까? 한 번 테스트는 할 테지만 문제가 될 소지는 보이지 않는군요.

"음……."

직원의 생각과 달리, 서문엽은 문제의 소지가 명백한 초능력이 하나 있었다.

'분석안은 상관없지만, 불사는 확실히 문제가 되겠지?'

치명적인 타격을 받으면 사라지게 되어 있는 아바타였다.

그런데 그 아바타가 사라지지 않고 계속 던전에 남아 있다면?

'한번 체크는 해봐야겠지.'

—자, 일단은 괴물이 하나 생성될 겁니다. 초능력을 발휘해 주세요.

"알았어."

창을 꼬나 쥐고 있으니 눈앞에서 정말로 괴물이 나타났다.

넘실거리는 푸른 오러로 이루어진 가오리 같은 물고기.

살러분이라 불리는 괴물이었다.

오러만으로 이루어진 이 신비의 괴물은 땅과 벽 등의 장애물을 통과하며 헤엄치듯이 공중을 유영한다.

일반 물리 공격은 통하지 않고, 오직 오러를 실은 공격을

펼쳐야 한다.

모든 군사 무기를 무력화하여 인류를 공포에 떨게 한 괴물이지만, 숙련된 초인에게는 그리 힘든 상대가 아니었다.

휙!

서문엽은 냅다 창을 던졌다.

던지기 초능력에 오러까지 실린 창은 곧장 일직선으로 날아가 살러분의 몸통을 꿰뚫었다.

끼이이익……!

괴성과 함께 살러분의 몸이 신기루처럼 흩어져 버렸다.

─좋아요. 아무 이상 없으시죠?

"어."

─그럼 아바타 테스트는 이것으로 끝난 것 같은…….

"잠깐만."

─예, 무슨 일이시죠?

"실험하고 싶은 게 하나 더 있는데, 살러분을 한 마리 더 내놔봐."

─제가 만드는 건 아니고, 5분 뒤에 자동으로 재생성될 겁니다. 근데 무슨 일이시죠?

"나한테 얼마 전에 각성한 초능력이 하나 더 있어."

─정말이요?! 그게 뭡니까? 소멸 광선 같은 사기급 초능력만 아니면 좋겠네요.

"음, 아무래도 내가 안 죽는 것 같아."

—네?

다소 황당하다는 직원의 목소리.

"나 안 죽는다고."

—……

잠시 침묵이 흘렀다.

아마도 저 괘씸한 협회 직원 놈은 미쳤냐는 표정을 짓고 있을 듯했다.

"아무튼 실험해 보면 알겠지."

—으음, 설사 그런 초능력이 있으시다 해도, 아바타는 심각한 충격을 입을 시 사라지기 때문에 적용 안 될지도 모릅니다. 이제 곧 재생성되겠네요.

곧 살러분 한 마리가 더 나타났다.

살러분은 곧장 뾰족한 주둥이를 앞세워서 서문엽에게 돌진했다.

서문엽은 가슴을 활짝 열고 놈을 받아들였다.

콰직!

"크헉!"

서문엽이 고통에 신음을 했다.

"으윽, 시발. 고통은 실제의 절반 정도 수준인가……"

—네, 초인이라 해도 보호가 필요하기 때문에 통각 수치는 조절했지만… 아니, 지금 어떻게 소멸 안 되시는 겁니까?!

뒤늦게 기겁을 하는 직원.

"내가 사라졌으면 좋겠냐?"

―지금 농담하실 때가 아니잖습니까!

심장이 꿰뚫린 충격에 잠시 경련한 서문엽은, 이내 들고 있던 창으로 살러분의 배를 찔러 올렸다.

콰지직!

끼이이이익……!!

무려 110짜리 정신력은 심장이 꿰뚫린 상태에서도 침착하게 행동하게 만들었다.

살러분은 소멸되었고, 서문엽은 뚫린 가슴 언저리를 어루만졌다.

"어라? 재생까지 되는데?"

어느새 꿰뚫린 상처가 아물어 있었다.

아무래도 불사라는 능력은 생존에 치명적인 부상을 그 즉시 재생시키는 모양이었다.

―어떻게 저럴 수가…….

"봤지? 나 안 죽는다고."

―그 초능력은 대체 뭡니까? 어떻게 해도 안 죽으시는 겁니까?

"난 불사라고 이름을 지었어. 물리적인 충격에는 어떻게도 안 죽는 모양이야."

―아!! 그럼 최후의 던전에서 살아 돌아오신 비결이 그 초능력이군요?!

"그렇지."

─정말 대단합니다. 대단하긴 한데… 하아…….

직원은 한숨을 푹푹 쉬었다.

─차라리 소멸 광선이 덜 골치 아프겠습니다. 그건 강약이라도 조절할 수 있었지, 이건 정말…….

"역시 안 되겠지?"

─당연합니다. 상대 팀의 전멸이 승리 요건인데 서문엽 씨가 있으면 성립이 안 되잖습니까.

"역시 배틀필드를 하지 말라는 하늘의 계시로군."

─아, 아니, 그런 것보다는 그 초능력만 제외하시면…….

"야 이 씨부레야. 내가 왜 내 초능력을 하나 빼는 불공평함을 감수하면서까지 배틀필드를 해야 하냐?"

쌍욕을 먹은 직원은 무척 당황해했다.

─그, 그야 물론 서문엽 씨의 입장에서는 불이익을 받으신 셈이지만, 이건 싸움이 아니라 엄연히 스포츠입니다.

"됐어. 그냥 때려치울 거야."

실랑이를 벌이는 동안 살러분이 또다시 재생성되었다.

서문엽은 검지에 오러를 모은 뒤, 다가온 살러분의 주둥이를 튕기듯이 때렸다.

뻐억!

끼이익……!

─어? 바, 방금 딱밤으로 살러분을 해치우신 겁니까?

"몰라, 망할. 이거 로그아웃 어떻게 하는 거야?"

―눈을 감고 종료를 선언하시면 됩니다. 근데 어떻게 딱밤
으로 살러분을…….

"종료."

시키는 대로 하자, 눈앞이 새하얘지더니 원통형 접속 모듈
에서 깨어났다.

"오, 신기하네."

문을 열고 밖으로 나온 서문엽은 당황하여 어정쩡하게 서
있는 직원에게 한마디 툭 뱉었다.

"너희 노인네한테 못 하겠다고 전해라."

"안 됩니다! 이미 자선 경기를 위해 스폰서도 잔뜩 모였는
데……!"

"그건 너네 사정이고."

"제발 사정 좀 봐주십시오. 이미 계약까지 됐는데 갑자기
불참하시면 신뢰가……."

"그땐 노인네한테 내가 이런다고 전해라."

그러고는 주먹을 쥔 채 중지를 세워 보였다.

직원의 표정이 암담함으로 무너졌다. 뒷목 잡고 쓰러지는
박진태 협회장의 모습이 아른거렸다.

그때였다.

"삼촌! 정말 그럴 거야!"

백하연이 엄청 삐친 표정으로 소리치자 서문엽은 움찔했다.

"그런 거 없어도 삼촌 무지 세잖아. 자선 경기 한다고 해놓고 치사하게 사소한 걸로 트집 잡아서 뺀질거릴래?"

"사소한 게 아니잖니."

"어차피 각성한 지 얼마 안 된 거잖아! 그런 거 없어도 잘 싸우는데 괜히 심술부릴래?!"

"그런다고……."

"아 몰라! 자선 경기 안 하면 다신 삼촌 안 봐!"

"……."

서문엽은 입을 다물었다.

세상에서 그가 눈치 보는 유일한 사람은 조카인 백하연뿐이었다.

어릴 때 너무 귀여워서 그런지, 백하연에게만은 막 대할 수가 없었던 것이다.

그때, 조용히 있었던 중년 백인 남성이 뭐라고 말하기 시작했다. 직원이 그 말을 통역해 주었다.

"세계 협회 관계자분께서 말씀하시길, 서문엽 씨의 초능력은 배틀필드에 용인이 불가능하며, 이에 대해 사과 말씀을 드린다고 하셨습니다."

"그래서?"

통역이 계속되었다.

"가진 역량을 모두 발휘하지 못하는 불공정함에 대해서는 사과하는 바이며, 이 경우 우선은 내부 회의를 통해 금액을

책정해 보상금을 지급한다고 합니다. 서문엽 씨에게 배틀필드 선수가 될 의사가 있든 없든 말입니다."

"그래? 그건 고맙네."

돈 준다는데 거절할 이유는 없었다.

궁한 건 아니지만 일단 알거지인 상태였으니 말이다.

빤히 노려보는 백하연의 눈치를 흘깃 본 서문엽은 어깨를 으쓱하며 말했다.

"자선 경기는 뛰지 뭐. 좋은 일이니까."

*   *   *

다음 날, 세계 배틀필드 협회에서 발표가 있었다.

서문엽의 아바타에 특별 조정이 있을 것이며, 그 대가로 보상금 200만 달러를 지불한다는 이야기였다.

사전에 서문엽에게 허락을 받았기 때문에 아바타를 조정한 이유도 공개되었다.

〈영웅 서문엽이 최후의 던전에서 살아 돌아올 수 있었던 비결은?〉

〈서문엽, 배틀필드 아바타에 초능력 '불사' 제약당해〉

〈서문엽 알고 보니 불사신?〉

〈서문엽 피지컬 측정에서 역대 최고 기록 수립〉

〈초인 중의 초인, 서문엽의 강함에 대하여〉

또다시 세상을 떠들썩하게 만든 뉴스였다.

민첩성에서 세계 기록과 타이, 오러양에서는 아예 월등히 앞선 신기록을 수립.

그것도 모자라 '불사'라는 말도 안 되는 초능력까지 보유했으니, 그야말로 살아 있는 전설이라 해도 과언이 아니었다.

그 때문일까.

서문엽은 백제호와 함께 아침 훈련을 하러 정원에 나왔다가 눈살을 찌푸렸다.

"저 사람들은 대체 뭐야?"

바로 백제호의 저택 정문 앞에 사람들이 진을 치고 있었다.

서문엽을 발견하고는 환호성을 질러댔다.

"서문엽!"

"서문엽! 서문엽!"

"우리들의 구세주! 세상을 구원해 줄 영웅!"

"믿습니다!"

서문엽에게 열광하는 태도가 단순한 팬을 넘어 광적이었다.

"저 작자들 병원에서도 모여 있었지?"

VIP 병실에 입원해 있을 적에, 병원 앞에서 시위하던 묘한 시민 단체가 생각났다. 지금 생각하니 느낌이 딱 저 사람들이었다.

백제호는 한숨을 푹 쉬고는 고개를 끄덕였다.

"맞아. 서문재단이야."

"서문재단?"

"세상이 다시 종말을 맞이할 거고, 그때 네가 다시 살아 돌아와 선택받은 사람들을 구원해 줄 거란다."

즉, 요컨대 사이비 종교였다.

"뭐야, 그게? 미친놈들 아냐?"

"나도 그런 줄 알았는데, 네가 정말 살아 돌아왔잖아. 심지어 불사신이기까지 하니 거의 성경에 나올 기세지. 이제 세계 종말만 오면 된다며 좋아서 난리다."

서문엽의 얼굴이 잔뜩 일그러졌다.

"내가 저 미친놈들에게 교훈을 내려주지."

"야야, 참아. 어쩌게?"

"어쩌긴 뭘 어째? 나 한두 번 봐?"

"얌마!"

서문엽은 성큼성큼 저택 정문으로 걸어갔다.

"오오오!!"

"영웅이시여!"

열광하는 사람들.

서문엽은 훌쩍 뛰어올라 정문 철창 위에 올라섰다.

"자자, 조용!"

서문엽이 손을 들어서 서문재단의 신도들을 통제했다.

"여러분들의 마음은 아주 잘 알았습니다."

"오오!"

"아아……!"

감격에 찬 사람들에게 서문엽이 말을 이었다.

"그러니까 병신 짓 그만하고 집에나 가라."

뚝.

열광이 멈추고 사람들은 몹시 당황한 표정으로 서문엽을 멍하니 쳐다봤다.

"뭘 봐, 개병신들아! 서문재단인지 나발인지 그 교주 새끼 누구야? 그 새끼가 어느 날 돌 맞고 머리통 터지면 범인은 난 줄 알아라!"

자신들을 구원해 줄 장본인에게 부정당한 신도들은 당황하여서 웅성거렸다.

"10초 안에 안 꺼지면 처맞는다! 이러기 위해 정부한테 면책권을 뜯어냈지. 난 마음에 안 드는 놈을 뚜드려 팰 수 있어!"

그날, 인터넷 뉴스에 서문엽이 서문재단 신도들을 폭언·폭행했다는 기사가 메인에 올라왔다.

—

제6장

자선 경기

　"흐흐, 이거 봐라."

　특유의 음흉한 웃음을 낸 백하연은 액자에 담은 사진을 보여주었다.

　"어휴."

　백제호는 사진을 보곤 고개를 절레절레 내저었다.

　서문엽이 서문재단의 신도들을 폭행하는 광경이 찍힌 사진이었다. 인터넷 뉴스에 나온 사진을 출력한 모양이었다.

　"난 삼촌이 이러는 거 볼 때마다 너무 재밌더라!"

　신나서 액자를 전시하는 백하연을 보며 백제호는 떨떠름해졌다.

"난 옛날부터 하연이가 엽이에게 물들까 봐 걱정했었어."

그러거나 말거나 서문엽은 심드렁히 TV를 볼 뿐이었다.

"친구야."

백제호는 한마디 안 할 수가 없었다.

"왜?"

"넌 내가 본 최고의 미치광이야."

"칭찬 고맙다."

"네가 그럴수록 기자들이 모여드는 거 아냐?"

"집 지키는 경비원들 많잖아. 그동안 할 일이 없었는데 잘됐지 뭐."

요즘 서문엽만 주시하고 있으면 특종이 나온다는 우스갯소리가 언론계에 퍼진 뒤였다.

그래서 서문엽은 이렇게 한가롭게 TV나 보는데도 저택 근처는 기자들이 진을 치고 있었다.

"내일이 자선 경기인데 준비는 잘된 거야?"

"준비가 무슨 필요가 있어. 그냥 뛰면 돼."

"던전 구조는 잘 알고 있고?"

"내가 처음 깼던 공략 불가 던전하고 똑같던데."

"그야 그렇지."

"너나 준비 잘해. 오랜만에 검을 잡았는데 망신당하지 말고."

"그것 때문에 똥줄 타게 훈련하는 거 안 보이냐?"

백제호는 오늘도 하루 종일 훈련을 했다.

7영웅 이름값이 있는데, 아무리 은퇴한 지 17년이 지났다 해도 어린 현역 선수들한테 망신당하고 싶지는 않았다.

"이럴 줄 알았으면 배틀필드 선수로 활동할 걸 그랬나."

48세면 은퇴를 앞둔 노장이지만 그래도 이 나이까지 활약하는 경우가 충분히 있었다.

하지만 백제호는 이제야 부랴부랴 기량을 다시 끌어올리는 입장이라 훨씬 힘이 들었다.

서문엽이 핀잔을 했다.

"거 봐라. 지도 안 했으면서 왜 날더러 배틀필드 하라고 난리야? 위선자 새끼."

"그래서 후회하잖아."

"후회는 개뿔. 돈에 미쳐가지고 사업에 몰두했으면서."

"……."

백제호도 찔리는 게 있어서 더는 말을 못 했다.

사실 세금 면제 혜택이 있는데 가만히 노는 것은 아까운 일이었다.

그래서 이것저것 사업을 일으켜서 세금 면제 혜택을 이용해 원활하게 운영했다.

법인세, 소득세가 모두 면제라 어려울 게 없었다.

지금도 그의 사업체들은 전문 경영인이 알아서 잘 운영하고 있었다.

"뻔뻔한 놈."

"그래서 나까지 끌어들인 거냐?"

"응. 너도 한번 당해보라고. 그나저나 이거 고민이네."

"뭐가?"

"드라마 말이야. 2004년 드라마는 다 봤는데 다음엔 뭐 봐야 할까?"

"…글쎄다. 아무튼 2005년에 온 걸 환영한다."

서문엽은 백하연과 한승희의 강력한 주장에 '삼순이'를 보기 시작했다.

그렇게 시간이 흘렀다.

전 세계의 이목이 집중되는 자선 경기 당일이 다가오고 있었다.

*   *   *

검은 슈트 차림에 덥수룩한 수염이 멋들어진 흑인 사내가 인천공항에 나타났다.

기자들이 흑인 사내가 나타나자마자 사진을 찍어댔다.

"진짜 조 펠만이야."

"조 펠만이 직접 한국에 오다니!"

"서문엽 보러 전 세계에서 거물들이 총출동한다더니 진짜야."

배틀필드의 슈퍼 에이전트 조 펠만.

메이저리그에서 활약하는 수많은 슈퍼스타를 관리하는 에이전트로 유명했다.

"펠만 씨, 한국에는 무슨 일로 오셨습니까?"

"자선 경기를 관람하러 오신 것 맞습니까?"

기자들이 영어로 질문 공세를 펼쳤다.

조 펠만은 씨익 웃으며 손을 흔들 뿐이었다.

경호원들이 길을 열면서 조 펠만은 기자들에게서 벗어날 수 있었다.

준비된 리무진에 탄 조 펠만은 시가를 꺼내 불을 붙였다.

"이 나라에 온 것도 15년만이군."

15년.

이는 배틀필드의 역사이기도 했다.

2006년, 배틀필드라는 신종 스포츠가 탄생하자 조 펠만은 다니던 회사를 때려치우고 에이전트가 되었다.

쏜살같이 한국에 달려온 조 펠만은 백제호에게 계약을 제의했지만 실패했다.

대신 실력 있는 한국 초인들을 많이 계약하여서 미국에 데려올 수 있었다.

"그때 이 나라는 엘도라도였지."

한국 정부가 배틀필드를 금지시켰기 때문에 불만이 팽배한 한국 초인들을 쉽게 데려올 수 있었다.

그들은 미국, 영국, 프랑스 등 다양한 나라의 국적을 취득하여 선수로 활약했다.

그리고 조 펠만은 누구보다도 빨리 한국에 온 덕에 거물급 에이전트로 발돋움했다.

"그때 미스터 백을 끌어들일 수 있었다면 완벽했을 텐데. 황금은 긁어모았지만 큼직한 다이아몬드 한 덩이를 놓친 기분이었어."

"어쩔 수 없었잖아요. 백은 결국 배틀필드를 하지 않았으니까요. 아니, 7영웅 모두 부와 명성이 다 있는데 괜히 스타일 구길 필요를 못 느꼈겠죠."

곁에 있던 젊은 백인 미녀 비서가 말했다.

"그나마 어린 슈란이 의욕을 보였는데 초능력이 하향 조정되면서 때려치웠지."

조 펠만은 입맛을 다셨다.

비서가 웃으며 말했다.

"근데 어쩔 수 없잖아요? 슈란의 아바타 테스트 영상을 보고 다들 아연실색했다고요."

중국의 살아 숨 쉬는 전술 병기 슈란.

손가락에서 나온 소멸 광선이 모든 것을 다 쓸어 없애 버리는 아바타 테스트 영상은 전 세계를 경악시켰다.

그 능력을 온전히 펼친다면 11 대 11의 한 타 싸움도 3초 만에 종결될 터였다.

하향 조정되자 슈란이 몹시 화를 내며 한 말이 있었다.

"서문엽은 소멸 광선을 방패로 튕겨낸 적 있었다. 너희가 너무 약한 것이다."

빛이 거울에 반사되듯 소멸 광선을 튕겨내서 적을 처치한 적이 있었다는 것.

다른 7영웅도 인정한 사실이라 서문엽의 위대함이 더욱 부각된 일화였다.

"그걸 어떻게 튕겨냈을까? 엄청난 방패 테크닉이 필요했을 거야."

"얼마 전에 답이 나왔죠. 슈란을 능가하는 오러양을 갖고 있었으니까요."

"실력은 더할 나위 없고 인류의 구원자에 심지어 불사신!"

조 펠만은 주먹을 꽉 쥐었다.

그야말로 스타다.

타고난 스타.

어쩌면 다시는 안 나타날 최고의 스타.

"이번에는 놓치지 않겠어. 큼직한 다이아몬드를!"

"앗? 저기 좀 보세요!"

비서가 창밖을 가리켰다.

람보르기니 컨버터블을 타고 달리는 선글라스의 장년 백인

사내.

걸보기에는 장년이지만 실제는 60대의 초인이다.

그는 유럽을 주름잡는 초인 에이전트, 제이크 랜드였다.

"제이크 랜드……."

조 펠만의 얼굴에 긴장이 어렸다.

제이크 랜드는 본래 던전을 공략하던 베테랑 초인이었다.

다른 젊은 초인들의 멘토로 존경받았는데, 배틀필드가 생기고서 에이전트가 되어 크게 성공했다. 워낙 그를 존경하고 따르던 초인들이 많았기 때문이다.

지금도 아무리 사고를 치고 다니는 망나니 선수도 그가 타이르면 온순해진다.

옆을 지나가던 제이크 랜드는 조 펠만과 눈이 마주치자 윙크를 했다. 그러고는 더 빠른 속도로 추월해 버렸다.

조 펠만이 소리쳤다.

"우리도 밟아! 저 양반보다 늦지 않을 거야!"

절대로 뺏기지 않을 것이다.

한편, 인천공항은 배틀필드의 거물들이 계속 출현하고 있었다.

"오 마이 갓! 저 두 사람 좀 봐봐!"

160㎝를 간신히 넘길 법한 땅딸한 키에 반짝이는 민머리를 가진 백인 2명이 나란히 걸어 나오고 있었다.

그러면서도 패션은 블랙 슈트에 넥타이핀에 커프스단추, 귀

걸이까지 화려했다.

언뜻 보면 쌍둥이 코미디언이라고 착각할 법한 이 두 사람은 배틀필드계의 거물이었다.

파리 뤼미에르 배틀필드 클럽(BC).

유럽 최고의 빅 클럽으로 손꼽히는 팀의 공동 구단주인 모로 형제였다.

형 장 모로는 경영 및 마케팅, 동생 필립 모로는 선수 및 인사 관리 등으로 분담하여 지금까지 성공적으로 경영하고 있다는 평가를 받아왔다. 누가 평가할 필요도 없이 나날이 늘어나는 재산이 형제의 능력을 증명한다.

세계적인 슈퍼스타인 나단 베르나흐가 바로 파리 뤼미에르 BC 소속으로, 필립 모로가 발굴한 선수였다.

"세상에, 구단주 형제가 직접 찾아왔어!"

"서문엽을 보러 두 사람이……!"

두 형제가 직접 내한했다는 것은, 기필코 서문엽을 영입하겠다는 의지나 다름없었다.

역시나 기자들의 질문 세례가 쏟아지자 모로 형제는 적당히 대꾸해 주고는 대합실에서 벗어났다.

"드디어 서문엽을 보는군."

"응, 우리의 사업을 망하게 했던 원흉 말이지."

모로 형제는 이전에 던전 산업체를 경영했었다.

서문엽이 무서운 속도로 공략 불가 던전들의 수를 떨어뜨

리자, 위기감을 느끼고는 바로 사업을 정리했다.

기어코 최후의 던전까지 서문엽의 손에 격파됐으니 진작 접지 않았으면 눈 뜨고 도산할 뻔했다.

그 뒤에 배틀필드 클럽을 창단했으니 확실히 돈 냄새를 아주 잘 맡는 형제라 할 수 있었다.

"후후, 우리의 사업을 망하게 한 원흉이 이제는 배틀필드에 발을 들였단 말이지?"

"아직 선수 생활을 할 의사는 없어 보이지만 일단 첫발은 내디뎠지."

"후후……."

형 장 모로는 차갑게 웃었다. 두 주먹을 피가 나도록 꽉 쥐며 말했다.

"내가 그냥 넘어갈 줄 알고?"

"설마."

"서문엽… 반드시 사인을 받고 말 거야!"

"사인지든 계약서든 둘 중 하나는 반드시 말이지."

"전쟁 시절에도 꼭 만나고 싶었는데 기회가 없었어!"

"대통령도 만나기 힘든 거물이었잖아. 맙소사, 그런 서문엽이 배틀필드를 한다니! 너무 기대돼!"

모로 형제는 흥분했다.

"엄청난 선수가 될 거야. 그 서문엽이라고!"

"선수 생활을 할 거면 우리랑 해야지! 서문엽이 칭찬한 나단

도 있으니까 우리 클럽에서 잘 지낼 수 있을 거야."

"제기랄, 서문엽이 쓰던 것과 똑같은 창을 제작했는데 반입할 수가 없다니!"

"거기다가 사인을 받고 싶었는데. 대신 방패를 준비했으니까 다행이야."

모로 형제는 서문엽의 광팬이었다.

백제호가 제작한 다큐 영화를 10번이나 봤다.

필립 모로는 유소년이었던 나단 베르나흐에게 서문엽 스타일을 강요했다가 코치진의 반대로 포기한 사례가 있었다.

장 모로는 클럽 앞에 서문엽의 동상을 세우려다가 이사회의 반대로 관둔 적이 있었다. 너무 거대했다.

불사신이 되어 기적적으로 살아 돌아온 서문엽을 영입하기 위해, 이 두 형제가 미쳐 있는 것은 당연한 일이었다.

그들 외에도 배틀필드계의 거물들이 속속 입국하고 있는 진풍경이 연출되었다.

그중 화룡정점은 바로……

"우와! 저 여자가 올 줄이야!"

"모습을 드러낸 건 오랜만이지 않아?!"

"17년 전 이후로 한 번도 한국에 오지 않았었는데!"

20대 초반 정도로 보이는 앳된 여성이 활짝 웃으며 플래시 세례를 맞고 있었다.

대륙의 언터처블.

걸어 다니는 전술 병기.

최연소 7영웅 멤버.

염문설은 여러 차례 났지만 정작 모습을 드러낸 일은 손에 꼽는 슈란이 내한한 것이다.

기자들에게 그녀는 인상 깊은 한마디를 남겼다.

"아는 동생을 보러 왔어요."

그녀의 실제 나이는 34세. 서문엽보다 4살 연상이었다.

* * *

자선 경기 당일.

경기장에 도착한 서문엽은 북적대는 인파를 보며 눈살을 찌푸렸다.

"뭐 이렇게 인간이 많아?"

"당연하다고 생각 안 하냐?"

백제호의 핀잔에 서문엽은 혀를 찼다.

"지저 전쟁 때 세계 인구가 좀 더 확 줄었어야 했어."

"제발 어디 가서 그런 말 좀 하지 마라."

"더 심한 말도 많이 했는데 뭘."

"심하다는 자각 자체는 있구나?"

"물론이지. 그래야 짜릿하잖아."

사악하게 킬킬 웃는 서문엽에게 백제호는 학을 뗐다.

차에서 세 사람이 내리자 팬들이 열광적인 환호를 보냈다.

"서문엽! 서문엽!"

"사랑해요!"

"서문엽 만세!"

"오늘 올킬하세요!"

백제호는 까닭 없이 울컥했다.

"이런 놈이 뭐 좋다고 난리야!"

"그야 네가 날 반항적인 청춘스타로 미화한 탓이지."

"그러니까 난 투자만 했대도!"

"아으, 그만 좀 해! 혼난다!"

뒤따르던 백하연이 호통치자 그제야 두 사람은 입을 다물었다.

일행에게 기자들이 덤벼들었는데, 백제호는 눈치를 보다가 서문엽을 뒤로 확 밀쳐 버렸다.

"뭐야, 인마!"

"인터뷰나 하고 와!"

파앗! 팟!

백제호와 백하연은 나란히 순간 이동을 써서 도망가 버렸다.

홀로 남은 서문엽만 기자들에게 둘러싸였다.

"또 궁금한 게 뭔데? 물어봐요."

"서문재단 신도들을 폭행하셨는데요, 왜 그러셨습니까?"

"말로만 하면 제 말을 멋대로 해석할 여지가 있기 때문에 냅다 쥐어 팼습니다."

"사건 이후로 서문재단을 탈퇴하는 시도들이 급증하고 있는데, 서문재단은 이 사건에 대해 '믿음이 부족함을 질책받은 것'이라고 주장했습니다."

"한마디만 할게요. 좋은 말 할 때 해체해라."

"지금까지 수많은 폭행 시비를 일으키셨는데요, 반성하는 마음은 안 드십니까?"

"넌 뭔데 훈계야, 씨발아."

서문엽이 눈을 부라리자 기자가 겁에 질려 주춤주춤 물러났다.

유년기를 폭력 속에서 보낸 사람이 초인이 되고 형사 면책권까지 손에 넣으면 어떻게 되는지 보여주는 서문엽이었다.

그렇게 오늘도 막장 인터뷰를 하고 있을 때였다.

"오늘 슈란 씨가 내한했는데요, 17년 만에 재회하는 소감 좀 부탁드립니다."

그 말에 서문엽은 안색이 변했다.

"걔가 왜 와요?"

"아는 동생을 만나러 왔다고……"

"몰라요. 난 모르는 여자야."

서문엽은 강하게 부정한 뒤에 경기장으로 쏜살같이 들어가 버렸다.

*　　　*　　　*

백제호와 백하연 부녀가 자선 경기에 참여한 선수들과 인사를 나누고 있을 때였다.

선수 대기실에 서문엽이 나타나자 떠들썩했던 분위기가 가라앉았다.

"헉, 진짜 서문엽이다."

"광화문 광장의 동상의 주인공을 보게 되다니."

"실제 실력은 어느 정도일까?"

선수들이 작은 목소리로 수군거리기 시작했다.

모든 초인이 선망의 눈길로 바라보았지만 선뜻 다가가기는 힘들었다.

원체 성격이 꼬였다는 게 전 세계에 알려졌기 때문.

서문엽은 모두 무시하고 성큼성큼 백제호에게 다가갔다.

"제호야, 너도 소식 들었어?"

"무슨 소식?"

"슈란이 한국에 왔대."

"…올 게 왔군."

백제호의 표정이 묘해졌다.

대신 백하연이 눈을 빛냈다.

"슈란? 진짜로?"

백하연은 여성의 몸으로 최강의 초인으로 손꼽히는 슈란에게 관심이 많은 모양이었다.

서문엽은 초조한 표정이었다.

"예전에 내가 걔를 좀 막 대하긴 했지?"

"온갖 쌍욕을 다 했지. 한국말은 서툴렀지만 뜻은 충분히 통했을 거야. 펑펑 울었으니까."

"끙, 그렇다고 설마 이제 와서 복수하겠다고 소멸 광선을 쏘는 건 아니겠지?"

"글쎄다. 피차 17년이 흘렀다면 둘 다 나이 들어 변했으니 잊었겠지. 근데 넌 그때 쌍욕했던 그놈 그대로잖아."

"……."

너무 옳은 말이라 서문엽은 꿀 먹은 벙어리가 되었다.

보기 드물게 곤란해하는 서문엽.

17년 전, 슈란은 첫 만남부터 서문엽의 심기를 거슬렀다.

부잣집 외동딸에 정부의 보호를 받으며 여왕처럼 자란 17세 소녀. 이에 걸맞게 시건방지기가 이를 데 없었다.

험하게 산 서문엽과는 출생부터가 상성이 안 맞았다.

심지어.

―대상: 슈란(인간)

―정신력 29/40

이는 서문엽이 가장 싫어하는 타입이었던 것이다.

그나마 40이라도 채우겠다고 사전 훈련 때 일부러 혹독하게 몰아붙였다.

'그랬더니 효과는 없고 원한만 샀지.'

유리는 철과 달리 두드리면 깨진다는 걸 간과한 결과였다.

여왕 대접만 받다가 구박당한 슈란은 원독에 찬 눈빛으로 두고 보자고 했었다.

"대체 삼촌이 뭐라고 했기에 그래?"

백하연이 궁금해져서 물었다.

서문엽은 머리를 긁적였다.

"용암에 처넣을 년이라고 한 적이 있었지."

"히익!"

"이름 대신 온갖 동물이나 곤충으로 부르기도 했고……."

예를 들면 돼지, 굼벵이, 나무늘보, 닭, 바퀴 등.

"히이익!"

"근데 원래 던전이란 게 그런 거잖아? 평소였으면 그렇게 험하게 대하지 않는다고! 그러면서 정신력도 강해지는 거고."

"…그냥 삼촌의 명복을 빌게. 장례식 두 번 치르겠네."

"끄웅."

나중에 복수해도 상관없으니 지금은 최후의 던전 공략에 집중하자고 약속했던 게 떠올랐다.

정말 복수하겠다고 덤비면 어쩌면 좋을지 안절부절못했다.

그때, 백제호가 선수 대기실 한가운데로 나와 입을 열었다.

"다들 주목."

모든 선수가 잡담을 멈추고 백제호를 바라보았다.

"나는 국가 대표 팀 감독 백제호다. 오늘은 희망 팀의 감독 겸 선수로 나왔다."

가볍게 박수 소리가 울려 퍼졌다.

이곳에 모인 희망 팀은 백하연 외에는 국가 대표 선수가 없었다.

서문엽과 백하연을 여기에 넣는 대신, 반대 측인 사랑 팀에 나머지 국가 대표들을 넣은 것이다.

희망 팀이 전력상 불리한 건지 아니면 유리한 건지는 서문엽의 기량에 달렸다고 봐야 했다.

"너무 오랜만에 무기를 드는 터라 망신이나 안 당하면 다행일 것 같은데, 모쪼록 잘 부탁한다."

선수들은 하하하 웃으며 박수를 쳐주었다.

그때 시큰둥하게 있던 서문엽이 홀로 생각했다.

'너희들보단 나을 거다.'

백제호는 빡센 단기 훈련 덕에 기량이 어느 정도 회복되어 있었다.

―대상: 백제호(인간)

―근력 59/70

—민첩성 86/100

—속도 82/99

—지구력 60/69

—정신력 85/90

—기술 60/70

—오러 69/72

—초능력: 순간 이동

가장 중요한 민첩성·속도가 86·82로, 79·80으로 떨어져 있던 때보다 장족의 발전이었다.

100·99라는 전성기의 미친 스피드는 안 나오겠지만 이 정도면 국가 대표 놈들보다 낫다.

기술 또한 52에서 60으로 껑충 급상승.

몸에 익은 옛 테크닉을 다시 기억하는 과정이었으므로 단기간에 큰 회복이 가능했다.

근력과 지구력도 상승했으니 이만하면 쓸모가 있었다.

'하연이도 있으니 상대 팀을 처바를 수 있겠는데.'

—대상: 백하연(인간)

—근력 65/82

—민첩성 90/90

—속도 94/95

—지구력 61/80

—정신력 81/81

—기술 68/75

—오러 66/70

—초능력: 순간 이동, 로프

백하연은 그새 근력·지구력·기술이 1씩 올라 있었다.

A매치 미국전을 근접 딜러로 실전을 치러보면서 경험치를 얻은 덕이었다.

"그리고 저기, 보다시피 그 서문엽이다."

백제호는 서문엽을 가리키며 말했다.

모두의 시선이 모이자 서문엽은 고개만 까닥했다.

"안녕."

백제호는 쓴웃음을 지었다.

"보다시피 서문엽은 오늘 우리 희망 팀의 탱커로 싸우게 됐다. 그리고 나머지야 서로 잘 알 테니 서로 인사는 이쯤 해두자."

다들 KB—1 리그에서 뛰고 있었으므로 서로 잘 알고 있었다.

서문엽은 분석안으로 선수들의 면면을 슥 둘러보았다.

'역시나 별것 없네.'

분석안으로 살펴보니 각 능력치의 평균이 60 중반 수준이

었다. 재능도 딱 그 정도.

'응?'

그러다가 문득 눈에 띄는 청년이 있었다.

키는 170㎝ 정도로 작지만 다부진 체구를 갖고 있었다.

—대상: 최혁(인간)

—근력 67/90

—민첩성 73/75

—속도 69/71

—지구력 66/70

—정신력 70/80

—기술 60/70

—오러 80/82

—초능력: 오러 집중, 내구력 강화

—오러 집중(초능력): 오러를 들고 있는 무기에 빠르게 집중시킨
다.

—내구력 강화: 오러가 항시 몸을 보호하고 있어 외부 충격에
쉽게 다치지 않는다.

근력의 재능이 90이었다.

희망 팀의 8인 중 90짜리 재능이 있는 유일한 선수였다.

'잘 크면 그럭저럭 쓸 만한 탱커가 되겠는데.'

그런데 근력 재능이 90인데 현재 근력이 겨우 67인 게 이상했다.

때마침 최혁도 서문엽을 흘깃 훔쳐보다가 눈이 딱 마주쳐 버렸다.

흠칫한 최혁에게 서문엽이 손가락을 까닥거렸다.

이리 오라는 뜻이었다.

엉거주춤한 최혁이 조심스럽게 다가왔다.

"아, 안녕하십니까. 근접 딜러 최혁이라고 합니다."

"어, 그래. 근접… 응?"

대꾸하다가 서문엽이 눈을 크게 떴다.

"내 귀가 이상한가. 방금 근접 딜러라고?"

"예, 쌍성 스피리츠 소속의 근접 딜러입니다."

'뭐래, 이 병신이.'

서문엽은 황당해졌다.

근력 재능이 90이고, 내구력 강화라는 좋은 초능력도 있는데 딜러라니?

"탱커 아니고?"

최혁은 쑥스럽게 웃었다.

"어릴 때야 서문엽 선배님 같은 탱커가 되고 싶었지만, 덩치가 작아서 딜러가 됐습니다."

"그냥 덩치 작다고 딜러야?"

"아뇨, 그땐 남들보다 날렵한 편이어서 딜러로 낙점됐습니다. 초능력도 딜러에 적합하고요."

"…초능력이 뭔데?"

"무기에 오러를 빨리 실어서 공격할 수 있습니다."

"그거 하나야?"

"예."

그제야 대강 이해되었다.

'이 자식, 내구력 강화를 각성해 놓고 자각을 못 하고 있구나.'

초능력을 각성해 놓고도 모르는 초인은 종종 있다.

분석안을 가진 서문엽은 의외로 이런 케이스를 많이 봤다.

'내구력 강화를 모르니 딜러가 됐지.'

보나 마나였다.

'어허, 이놈 작고 날렵하네. 너 딜러!'라고 유소년 때 엉터리 코치가 결정해 줬음이 틀림없었다.

"하연아."

"응, 삼촌."

서문엽이 뭘 하나 옆에서 지켜보고 있던 백하연이 냉큼 대답했다.

"방패 하나 구할 수 있으면 가져와라."

"넹, 잠깐만."

팟!

순간 이동으로 사라진 백하연은 잠시 후에 역삼각형 모양의 카이트 실드를 들고 나타났다. 근처에 무기고가 있었던 모양이었다.

"자, 이거 써."

서문엽은 카이트 실드를 최혁에게 건넸다.

"네?!"

최혁은 화들짝 놀라 소리쳤다.

딜러는 빨리 움직이기 위해 무거운 방패를 들지 않는다.

명백히 딜러 때려치우고 탱커를 하라는 뜻이었다.

"딱 기초만 알려준다. 방패는 왼쪽 가슴에. 그리고 방패는 가만히 놔두고 몸만 움직이는 거야. 나가서 공격하고, 다시 방패 뒤에 돌아와 숨고. 나갔다 돌아왔다, 나갔다 돌아왔다, 오케이?"

"아니, 근데……."

서문엽은 방패를 쓰는 기초 동작을 간단하게 보여주었다.

"전 딜러인데……."

"새꺄, 너 지금 내 가르침 무시해?"

고딩 일진처럼 인상을 쓰며 으름장을 놓는 서문엽.

당황한 최혁은 어쩔 줄을 모르다가 울상이 되어 고개를 숙였다.

"가, 감사합니다, 선배님……."

"그래야지."

그제야 만족스러워진 서문엽.

이를 지켜보던 다른 희망 팀 선수들이 나직이 수군거렸다.

"아니, 똘아이라는 얘기는 들었는데 이 정도일 줄은⋯⋯."

"처음 본 사람 포지션을 대뜸 바꿔 버렸어."

"최혁이 뭐 잘못했냐? 저건 무슨 괴롭힘이야?"

"눈 마주치지 말자. 또 누가 타깃이 될지 몰라."

서문엽의 똘끼에 두려움을 느낀 선수들이었다.

*   *   *

졸지에 방패 들고 탱커가 된 최혁은 울상이 되어 희망 팀 감독인 백제호를 쳐다봤다.

백제호가 최혁을 바라보았다.

최혁은 더더욱 도와달라는 눈빛을 보냈다.

백제호는 고개를 끄덕였다.

"좋아, 그러면 탱커는 4명, 딜러는 6명, 서포터 1명이군."

최혁은 절망에 빠졌다.

저 탱커 4명이란 건 최혁을 포함시킨 숫자였다.

'백제호 감독님도 날 포기했어!'

행패를 부리는 서문엽을 묵인하겠다는 뜻이 역력했다.

"탱커가 많은 편이군."

'원래 딜러가 많은 편이었어요!'

최혁은 속으로 소리쳤다. 그러나 옆에 서문엽이 있었기에 차마 소리 내어 말하지 못했다.

"일단 던전은 '아즈사의 나선 굴'이다. 얼마 전에 미국전을 치렀던 던전이니 서문엽도 알고 있지?"

"어."

서문엽은 고개를 끄덕였다.

TV로 미국전을 봤고, 그게 아니더라도 실제 아즈사의 나선 굴을 서문엽이 공략했었다.

"자, 그래도 봐봐."

백제호는 스크린에 나오는 지도를 툭툭 쳤다.

아즈사의 나선 굴은 3개의 원이 있는 형태였다.

큰 원.

그 안에 작은 원.

정중앙에 둥그런 중앙 지역.

뿐만 아니라 중앙 지역에서 지하로 내려가는 숨겨진 통로가 있다.

큰 원에서 작은 원으로 가는 통로는 동서남북에 하나씩 있다.

작은 원에서 중앙 지역으로 향하는 통로는 남서쪽과 북동쪽에 하나씩 있다.

각 지역은 숫자로 표기되어 있었다.

큰 원의 북서쪽부터 시계 방향으로 1~8구역으로 표기됐

고, 작은 원도 북쪽 통로 부근부터 9~12구역으로 표기됐다.

중앙 구역이 13, 지하는 14였다.

각 구역 역시 1—1, 1—2 등으로 세분화되어 있었다.

"사랑 팀은 1—1, 우리는 5—1에서 시작한다. 일단 다 같이 5—1에서 사냥한 뒤 5—2로 넘어가고, 그때 서문엽은 혼자 5—3으로 간다."

백제호가 제시한 초반 전략에 모두 깜짝 놀랐다.

5—3은 5구역의 보스 몹이 있는 곳이었다.

서문엽 혼자 보스 몹을 사냥하라는 뜻이었다.

"거기 뭐가 있는데?"

서문엽이 물었다.

"세르펜."

"아아, 오케이."

서문엽은 별것 아니라는 듯 고개를 끄덕였다.

"그럼 우리가 5—2를 정리할 때, 동시에 서문엽이 5—3에서 세르펜을 사냥할 거다. 우리와 동시에 끝나도록 시간 조절 잘해. 그거 잡으면 5구역이 통째로 붕괴되니까."

"알았어."

오히려 너무 일찍 잡지 말고 조절하라고 당부까지.

선수들은 서로를 바라보며 의문에 빠졌다.

'세르펜을 혼자 잡을 수 있나?'

'적어도 5명은 붙어야 하지 않아?'

'강팀에서도 3명 이상은 붙는데.'

아무튼 이렇게 한다면 상대 팀보다 더 빨리 사냥을 하게 된다.

"다음은 6구역을 정리한 후, 남쪽 통로를 통해 작은 원으로 진입한다."

작은 원은 바깥의 큰 원으로 통하는 통로가 총 4개인 데다 동선도 짧아서 활동 반경이 넓어진다는 강점이 있었다.

약팀이라면 상대 측과 마주치지 않게 바깥 큰 원을 겉돌 테지만, 지금은 그럴 필요가 없다는 것이었다.

"그 뒤에 상대 영역으로 향하는 길이 열리면 나와 백하연, 서문엽 3인이 견제 플레이를 한다. 소규모 전투라면 우리가 월등하니 성과를 얻을 수 있을 것이다."

사랑 팀은 전원이 국가 대표 선수이기 때문에 총전력은 미지수.

하지만 서문엽, 백하연, 백제호 셋이서 3 대 3으로 싸운다면 월등히 유리할 터였다.

그러니 일단 기습을 통한 소규모 싸움에서 적의 숫자를 줄이는 것이다.

그게 성공하면 수적에서 유리해지니 정면 대결을 펼쳐도 된다는 계산이었다.

'그냥 11 대 11 붙어도 이길 것 같은데.'

서문엽은 속으로 생각했다.

아무래도 백제호가 대표 팀 감독을 하면서 고생하더니 많이 조심스러워진 것 같았다.

'뭐, 첫판은 적당히 놀아줘야지.'

자선 경기는 3판 2선승제였다.

일단 1세트는 협력 플레이를 하며 적당히 놀아주면서 관중들에게 제대로 된 경기를 보여줄 생각이었다.

배틀필드에 대해서 파악도 할 겸 말이다.

'그리고 2세트는……'

서문엽은 히죽히죽 웃었다.

파악이 다 끝나면 이제 본때를 보여줄 생각이었다.

―경기 시작 10분 전입니다. 장비를 착용해 주세요.

안내 방송이 흘러나왔다.

그제야 선수들은 각자 라커 룸에서 장비를 꺼내 착용하기 시작했다.

서문엽도 갑옷을 걸쳤다.

선수들은 다 몸에 타이트하게 붙는 배틀 슈트를 입고 있었는데, 가볍고 움직임도 자유로우면서도 내구성이 강했다.

이 위에 합금으로 제작된 갑옷을 더 걸치는 것이었다.

"오, 가볍네?"

갑옷을 모두 착용한 서문엽은 몸을 움직여 보며 신기해했다.

17년 전보다 확연히 발달된 장비였다.

옆자리에서 무장을 하던 백제호가 말했다.

"네 무기는 최후의 던전에서 가져온 것을 손질해서 준비해 놨대. 네 커스텀 무기를 따로 제작할 시간이 없었으니까."

"나도 손에 익은 게 좋지."

서문엽은 최후의 던전에서 썼던 창을 그대로 쓰게 되었다.

원형 방패는 비슷한 게 있어서 새것을 받았지만 말이다.

서문엽의 창은 총 4자루였다.

던지기도 하기 때문에 여분의 창이 꼭 필요했고, 모두 들고 다니기 위해 독특하게도 접이식이다.

철컥! 철컥!

창을 하나씩 접었다 펴보았다.

1.8m 길이의 창은 통짜 합금이었다.

17년 전에 제작된 것이라 해도 당시의 최고 합금 기술로 제작된 거라 여전히 쓸 만했다.

생김새도 특이했다.

앞은 한 갈래의 창날이, 뒤는 포크처럼 두 갈래의 꼬챙이 같은 이중 창날이 달려 있는 구조.

이 이중 창날은 괴물의 꼬리나 촉수 등을 붙잡는 데 쓰는 용도였다. 배틀필드에서는 상대의 무기를 잡거나 뺏는 데 사용 가능했다.

"수리 잘해놨네."

만족한 서문엽은 3자루를 접어서 등에 걸고, 하나는 편 채로 손에 들었다.

"수선에 신경 많이 썼겠지. 유서 깊은 무기니까."

인류를 구한 그 무기니 경매로 팔면 엄청난 돈이 되리라.

"허 참, 만든 지 1년도 안 된 건데."

"아무튼, 방심하지 마라."

백제호가 나직이 경고했다.

"넌 괴물이나 지저인과 싸웠지만, 애들은 인간과 싸우는 훈련을 했어. 실전 경험도 너보다 없다고 생각하면 오산이야. 넌 한 번밖에 안 죽어봤지만 애들은 수없이 죽으면서 시행착오를 겪었지."

"명심하지."

대답은 그렇게 했지만, 서문엽은 웃음이 나왔다.

열심히 배틀필드를 하라고 꾀더니, 결국 백제호도 서문엽의 본 실력을 잘 모르고 있는 듯했다. 17년이나 지났으니 그런가 보다 했다.

전투태세를 마쳤을 때, 안내 방송이 다시 들렸다.

"가자!"

백제호가 앞장서며 외쳤다.

선수 입장이었다.

'배틀필드라… 어디 마음껏 즐겨주겠어.'

일단 참여하게 된 것, 편견 없이 즐겨볼 생각이었다.

혹시 모르지 않은가.

의외로 재미있어서 하고 싶은 마음이 들지 말이다.

*　　　*　　　*

양 팀 선수들이 복도에서 모였다.

축구처럼 아이들과 손잡고 입장하는 그런 연출은 없었다.

이런 폭력적이고 흉흉한 스포츠에 어린아이들을 낀 연출이 있을 리 없었다.

"안녕하십니까!"

"영광입니다!"

상대 측인 사랑 팀 선수들이 서문엽에게 인사를 했다.

서문엽은 가볍게 고개를 끄덕여 보였다.

말로만 듣던 서문엽.

살아 있는 신화를 직접 목격한 선수들은 긴장과 경외가 섞인 얼굴들이었다.

한편 서문엽은 사랑 팀의 선수들을 분석안으로 살펴보았다.

'확실히 국가 대표이긴 하네.'

각 능력치의 평균이 70 정도 되는 것 같았다.

평균 60 수준인 희망 팀보다는 월등히 높은 수치였다.

하지만……

'참 희한하지. 왜 이렇게 하나같이 어느 한 부분 특출한 것 없이 고만고만하냐.'

어느 한 분야에서 확 뛰어난 재능을 가진 이가 드물었다.

졸지에 탱커로 변신한 최혁처럼 특출한 재능이 숨겨져 있는 경우가 없이, 그냥 고루 평범했다.

'이건 유망주 육성 방향이 잘못된 건가.'

대충 짐작은 들었다.

어느 한 부분 단점 없이 고루 뛰어난 유망주를 키우다 보니 저런 국가 대표 선수들이 탄생한 것이리라.

서문엽은 백제호에게 질문했다.

"제호야, 혹시 유망주를 선정할 때 채점 같은 거 하냐?"

"당연하지."

"그리고 합산한 총점으로 판단하고?"

"그렇지, 아무래도."

"채점 기준이 팀마다 다 비슷한 거냐?"

"국가에서 유망주 지원 정책을 시행하고 있어서 정부가 관여한 채점 기준을 쓰지. 근데 왜?"

"그럴 줄 알았다."

서문엽은 왜들 이렇게 고만고만한지 이해했다.

각 분야별로 뚜렷한 채점 기준이 있고 총점으로 평가한다면, 어느 한 가지에 뛰어나도 다른 못난 부분에서 감점을 받는 것이다.

그 결과 모든 능력치가 고루 고만고만한 애들이 정부의 지원을 받고 성장하고, 거기서 국가 대표까지 올라온 게 바로 이놈들이란 뜻이었다.

'최혁 같은 애는 이렇게 묻혀 버렸고.'

한국이 배틀필드 약체가 된 이유는 실력 있는 초인들이 대거 해외로 유출되었기 때문이라고 들었다.

그런데 서문엽이 알기로 그건 벌써 15년 전이었다.

15년.

새로운 초인이 각성하고 성장하기에 충분한 시간이었다.

그만한 시간이 흘렀음에도 여전히 약체에서 벗어나지 못했다면 그건 정책의 문제라고 봐야 했다.

'이러니저러니 해도 결국은 선수 육성 능력과 노하우가 부족한 탓이겠지.'

서문엽처럼 분석안을 가진 것도 아니니까.

문득 앞에 서 있는 백제호의 등을 빤히 바라보았다.

'이 자식, 이거 힘들겠는데.'

국가 대표 감독으로 있는 백제호가 힘든 시간을 보낼 것은 자명했다. 저런 선수들을 데리고 성적을 내는 데는 한계가 있을 터였다.

'최혁 같은 애들 좀 추천해 줘야겠다.'

가장 쉬운 건 자신이 직접 대표 팀에서 뛰는 것이지만, 그렇게까지 하고픈 생각은 없는 서문엽이었다.

일단 이 경기에서는 추천할 만한 사람이 최혁밖에 없어 보였다.

아무리 살펴봐도 그 이상 쓸 만한 재능을 잠재한 녀석은 없었다.

"응?"

선수들을 분석안으로 살펴보고 있을 때였다.

사랑 팀에 있는 선수들 중 금발로 염색한 헤어스타일에 귀걸이까지 낀 청년이 보였다.

이제 갓 20세가 된 듯 앳된 얼굴로 질겅질겅 껌을 씹고 있었다.

—대상: 심영수(인간)

—근력 60/66

—민첩성 70/73

—속도 79/85

—지구력 65/68

—정신력 26/60

—기술 68/73

—오러 84/85

—초능력: 폭발 구체, 속박

—폭발 구체(초능력): 강한 폭발을 일으키는 화염의 구체를 만들

어 던질 수 있다.

─속박(초능력): 오러로 이루어진 로프를 던져 상대를 1~5초간
속박시킬 수 있다.

능력치는 골고루 균등하게 개발되어 있고, 오러양은 많은
편.

초능력도 실전에서 유용한 것으로 두 가지나 있으니, 딱 한
국 정부식 유망주 선정에서 높은 점수를 땄을 듯했다.

그러나 서문엽이 주목하는 건 26밖에 안 되는 정신력이었
다.

'응, 저 새긴 빼라 해야겠다.'

정신력 재능은 무난한 60. 그런데 개발된 게 고작 26이면,
무슨 졸부 집안에서 오냐오냐하며 키웠다는 뜻이었다.

슈란보다 더 낮은 끔찍한 정신력이다.

"야."

서문엽은 거침없이 심영수에게 말을 걸었다.

"예? 왜요?"

껌을 씹던 심영수가 깜짝 놀라 물었다.

서문엽을 대하는 태도부터가 다른 선수들처럼 공손하지가
않다.

"너 아버지가 졸부냐?"

질문이 너무 돌직구라 심영수의 표정이 썩어 들어갔다.

희망 팀 선수들은 서문엽의 똘끼가 또 발동됐다며 긴장했다.

"…협회 부회장이신데요."

"역시. 그렇게 생겼다."

서문엽은 자신의 안목이 옳았음을 확인하고는 만족스러워했다.

요컨대 아버지가 졸부이게 생겼다는 말에 심영수의 표정은 더더욱 썩었다.

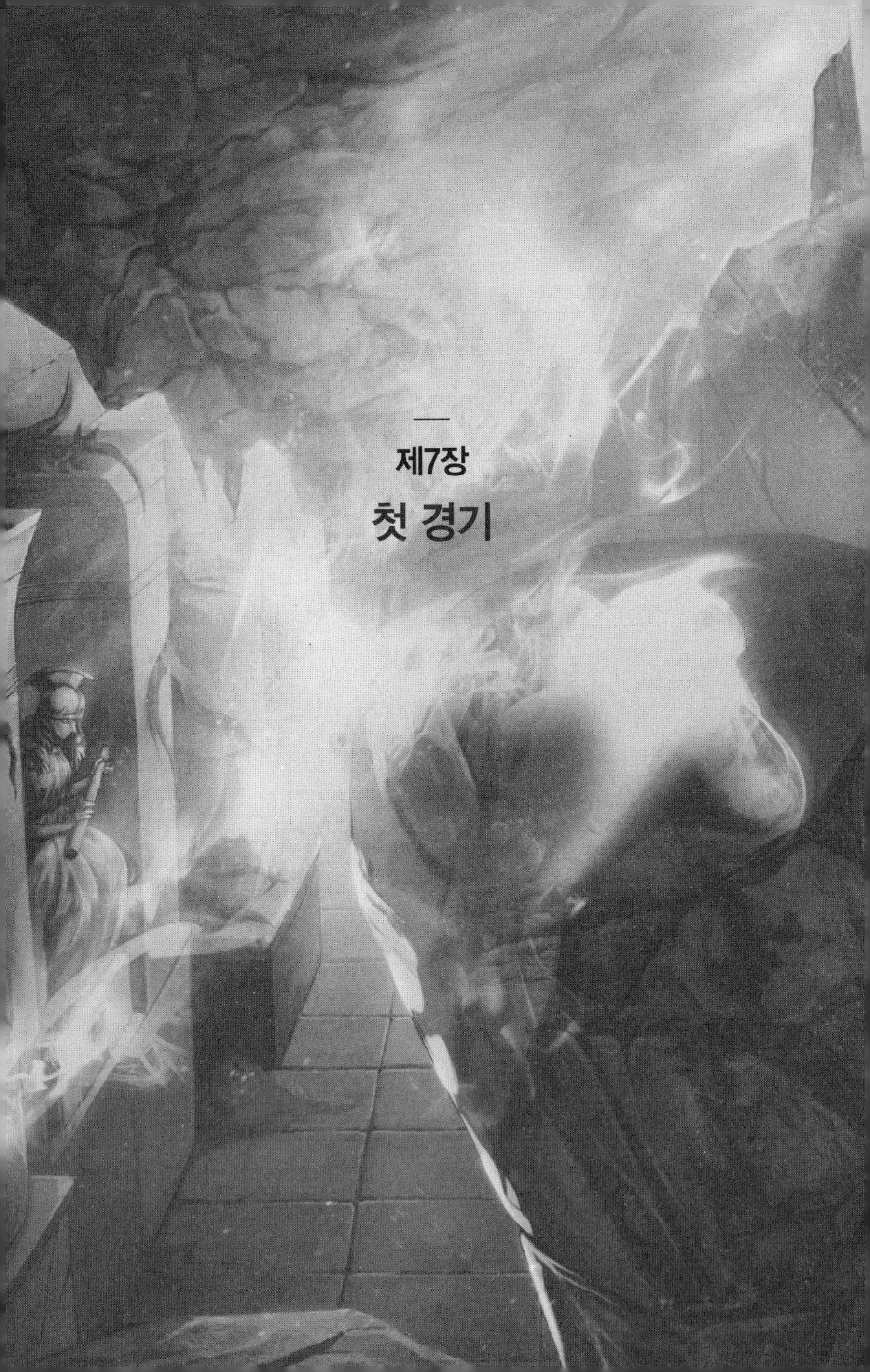

제7장

첫 경기

―선수 입장.

안내 방송과 함께 양 팀 선수들이 경기장으로 걸어 나갔다.
"와아아아!"
관중들이 환호하며 선수들을 반겼다.
그리고 무장을 한 서문엽을 발견한 순간.
"와아아아아아아아아아아아!!"
"서문엽 파이팅!"
"서문엽! 서문엽!"
관중들은 광란의 환호성을 질렀다.

서문엽이 손을 흔들어주자 환호성은 더욱 커졌다.

기분이 좋았다.

한때 세계 최고의 VIP이었던 서문엽이지만 대중 앞에 설 일은 거의 없었기 때문에 이런 뜨거운 함성을 받아본 것이 오랜만이었다.

─서문엽 씨가 드디어 선수로서 배틀필드 경기장에 섰습니다! 관중들의 기대가 몹시 클 겁니다.

─예, 영웅 서문엽이 이렇게 돌아오다니 꿈만 같습니다. 누구나 상상을 한 번쯤은 해봤잖습니까. 서문엽이 배틀필드를 한다면 어떻게 될까? 그 결과가 지금 나타납니다.

─경기장에 팬분들 외에도 상당히 많은 유명 인사들이 와 있습니다.

대형화면은 VIP석에 앉아 있는 유명 인사들을 비추었다.

슈퍼 에이전트 조 펠만.

유럽의 초인 에이전트 제이크 랜드.

파리 뤼미에르 BC의 구단주 모로 형제 등.

선수가 아님에도, 배틀필드 팬이라면 알고 있는 얼굴들이 보였다.

뿐만 아니라 각국 빅 클럽의 스카우터들도 매우 많았고, 배틀필드와 상관없는 할리우드 스타들까지 즐비했다.

의외의 얼굴도 보였다.

―오, 제럴드 워커 선수도 와 있네요.
―서문엽 선수의 실력을 한번 보고 싶었던 모양입니다.

인터뷰를 통해 서문엽과 도발을 주고받았던 제럴드 워커가 심통 맞은 표정으로 화면에 잡혔다.
워낙 거구라 눈에 잘 띄었다.

―공식전이 아닌 자선 경기입니다만, 이 정도로 세계의 주목을 많이 받는 무대도 드물 겁니다. 우리 선수들 많이 부담도 되겠지만, 기회이기도 합니다.
―아, 물론이죠. 서문엽 씨를 보러 몰려든 스카우터들에게 멋진 플레이를 보여줘서 어필할 수 있잖습니까?
―17년 만에 무기를 든 백제호 감독도 그렇고, 오늘 경기는 볼거리가 참 많습니다.
―17년 만에 다시 호흡을 맞추는 두 분 영웅의 플레이가 참 기대됩니다.

선수들이 서로 악수를 했다. 그러고는 각자의 더그아웃으로 돌아가 경기 준비를 했다.
장비를 마지막으로 점검한 후에 각자의 접속 모듈에 들어

간다.

마침내 서문엽의 생애 첫 배틀필드 경기가 시작된 것이었다.

*　　　*　　　*

던전에 접속한 서문엽은 주위를 둘러보며 경탄했다.

"정말 똑같네."

던전 특유의 음습한 공기가 그대로 느껴졌다.

"자, 탱커들! 모두 앞……."

앞장서라고 말하려던 찰나, 백제호는 불쌍한 표정을 짓고 있는 최혁과 눈이 마주쳤다.

"탱커 3명 앞으로. 최혁은 서문엽 옆에."

급조된 탱커 최혁을 위한 최소한의 배려였다.

서문엽이 최혁에게 손짓했다.

"이리 와, 인마. 형이 시범을 보여줄게."

딜러들도 탱커 주위에 1, 2명씩 붙었는데, 백제호는 서문엽에게 붙었다.

"엽아, 천장 조심해."

위를 올려다보니 과연 거미줄을 치고 기다리고 있는 거대한 거미들이 보였다.

"끼이익."

"끼익."

지저 거미 아라크네였다.

지저인의 오러 개조로 생명력을 흡수하는 거미줄을 뽑는 흉측한 괴물이었다.

"백제호."

서문엽은 방패를 평평하게 눕히며 말했다.

고개를 끄덕인 백제호가 서문엽의 방패 위에 훌쩍 올라탔다.

그리고…….

"가라!"

서문엽은 백제호를 위로 던졌다.

던지기 판정을 받고 백제호의 신형이 쏜살같이 치솟았다.

10m는 족히 될 법한 동굴 천장까지 치솟은 백제호는 아라크네에게 검을 휘둘렀다.

콰지직! 콰각!

단번에 2연속으로 베어버리고 떨어지자, 서문엽이 달려와 방패로 받아주었다.

그리고 다시 던지기!

탁구를 치듯이 백제호는 계속해서 위로 튕겨져 올라 아라크네들을 죽여 나갔다.

파앗!

아라크네가 거미줄을 쏘자, 동시에 순간 이동을 펼쳤다.

공간을 건너뛴 백제호는 그대로 아라크네의 정수리에 검을

꽂았다.

그때, 천장에서 아라크네 두 마리가 양옆으로 기어왔다.

죽은 거미와 함께 거미줄에 매달려 있던 백제호는 피할 곳이 없었다.

하지만 당황하지 않았다.

쉬익— 콰직!

서문엽의 창이 날아와 아라크네 한 마리를 꿰뚫어 버린 것이다.

아라크네를 꿰뚫고도 모자라 천장에 박혀 버린 창.

'가볍게 던졌는데도 강한 오러가 실렸구나.'

백제호는 나직이 감탄했다.

오랜만의 실전.

서서히 몸이 기억하기 시작했다.

서문엽의 실력을 말이다.

백제호는 그 창을 잡고 매달린 채 회전하며 다른 아라크네의 아가리를 피했다.

그러면서 섬전 같은 쾌검으로 다리 2개를 베어버렸다.

다리 2개를 잃자 휘청거리는 아라크네의 목을 베어 마무리한 백제호는 창을 뽑고서 같이 착지했다.

"자."

창은 서문엽에게 돌려주었다.

"아저씨치고는 나쁘지 않은데?"

서문엽이 웃으며 말했다.

"장난 그만 치고 빨리 정리해."

"뭐, 그러지."

서문엽이 본격적으로 나섰다.

아라크네들이 거미줄을 타고 일제히 내려와 달려들었다.

앞장선 서문엽이 아라크네들과 육탄전을 벌이기 시작했다.

푸욱! 푹!

서문엽은 아라크네가 덤비는 족족 창으로 찔러 죽였다.

푹푹 잘도 박히는 창.

시체가 산처럼 쌓였다.

"허억!"

최혁은 기겁을 했다.

아무리 맷집이 약한 아라크네라지만, 어떻게 저렇게 푹푹 잘도 죽인단 말인가?

'힘이 그리 세 보이지도 않는데.'

한 번 찌를 때마다 창이 깊숙이 박힌다.

저건 보통 완력으로 되는 공격이 아니었다.

아라크네의 맷집이 약하다고는 하지만, 그건 단단한 껍질을 뚫었을 때의 이야기다.

그런데 가만히 살펴보니 서문엽이 창을 쓰는 수법이 보통의 찌르기가 아니었다.

창 앞부분을 잡고 살짝 던지더니 뒷부분을 낚아채 회수

한다.

'아! 초능력을 활용한 거구나!'

최혁은 잘 몰랐지만, 이는 100㎝ 던지기라는 서문엽만의 테크닉이었다.

던지기 판정을 받으면 그냥 찌르는 동작보다 훨씬 센 위력이 실린다.

서문엽은 이 점을 활용해서 적이 지척까지 다가올 때까지 기다렸다가 창을 던지고 회수하는 동작을 극단적으로 짧게 펼쳤다.

즉, 창을 100㎝쯤 던지고 회수하는 일련의 동작인 셈이다.

창을 앞으로 움직이며 살짝 손을 놓기만 해도 던지기 판정을 받으면 최대 속력으로 날아간다.

살짝 창을 놓았다가 잡았다가를 반복.

그래서 멀리서 보면 평범한 찌르기로 보이는 것이었다.

보기에는 간단해 보이지만.

'쉬울 리가 있나!'

창을 놓았다가 잡는 타이밍이 오차 없이 최적화되어야 한다.

그걸 숨 쉬듯이 펼치는 건 대단한 일이었다.

감탄을 거듭하면서 최혁은 자신도 자신의 초능력을 저렇게 활용할 수 없을까 궁리하게 되었다.

'그래! 내 오러 집중을 방패에 써보자.'

최혁도 앞으로 나가 싸우기 시작했다.

아라크네의 공격을 막을 때, 오러를 방패에 집중했다.

쿵!

오러의 힘으로 아라크네가 주춤했다.

막고 나서는 다시 오러를 회수.

막는 순간에만 오러를 집중시켜서 오러 소모를 줄이겠다는 의도였다.

'이 요령이 몸에 익으면 오랫동안 끈질기게 버티는 탱커가 될 수 있어! 응? 근데 왜 좋은 탱커가 되려고 하는 거야? 난 딜러라고!'

겉으로는 고분고분하지만 마음속에서는 혼란이 격동하는 최혁이었다.

한참 싸우다가 서문엽은 최혁을 보고 깜짝 놀랐다.

"무슨 일이야?"

"예?"

"아, 아냐. 갑자기 실력이 확 늘었기에 놀랐어."

기술이 60/70에서 61/70으로 대뜸 1 늘었다고 말할 수는 없었다.

"아, 오러 집중을 방패에 적용하는 걸 생각했습니다."

"그래. 방패에 집중해야 할 때와 무기에 집중해야 할 때를 잘 구분하면 더 늘 거야. 공수 배분에 신경 써봐."

"…아!"

그 말에 최혁은 또 뭔가를 깨달았다.

탱커든 딜러든 공수 밸런스는 중요했다. 탱커는 4 : 6, 딜러는 8 : 2 같은 식으로 말이다.

그런데 자신의 초능력 오러 집중을 잘 활용하면 6 : 6, 7 : 7도 될 수 있는 것이었다.

'좋아, 오러의 흐름에 더 집중해 보자. 응? 아니, 근데 난 탱커가 아니란 말이야!'

중2 이후로 질풍노도의 시기를 한 번 더 맞이한 최혁은 의지와 별개로 탱커로서의 실력이 쑥쑥 늘기 시작했다.

5—1구역의 아라크네들이 섬멸되었다.

아라크네를 가장 많이 사냥한 사람은 서문엽인데, 그의 몸이 짙은 푸른빛으로 빛나고 있었다.

서문엽은 신기하다는 듯이 자신의 몸을 바라보았다.

"이게 사냥 포인트로 강해진 거지?"

백제호가 고개를 끄덕이며 부연 설명을 해주었다.

"응, 포인트를 얻을수록 푸른색, 보라색, 붉은색, 검은색, 흰색 순서로 오러에 휩싸일 거야."

사냥 포인트로 생겨난 오러는 몸에 둘러져 있을 뿐 직접 컨트롤은 불가능했지만, 공격과 수비에 큰 도움을 준다.

"좋아, 그러면 5—2로 이동한다. 엽이 너는 계획대로 혼자 5—3으로 가."

"알았어."

희망 팀이 5—2구역으로 이동했다.

5—2로 접어들자 희망 팀은 탱커 두 명이 앞장서서 쐐기 형태의 대형(隊形)을 취했다.

쐐기 대형의 중앙에는 서문엽이 섰다.

백제호가 소리쳤다.

"돌파해! 엽이가 지나갈 수 있게 길을 열어야 해."

5—2구역의 괴물들은 살러분.

예의 아바타 테스트 때도 봤던, 오러로 이루어진 가오리처럼 생긴 물고기였다.

처치하는 것 자체는 어렵지 않지만 주의해야 할 점이 두 가지 있었다.

오러로밖에 처치할 수 없기 때문에 살러분을 사냥할 땐 오러 소모에 주의해야 했다.

거기에 땅이나 벽에서 갑자기 튀어나오는 것도 주의해야 했고 말이다.

쐐기 대형으로 돌격한 선수들이 금세 길을 뚫었다.

그러자 쐐기 대형 중심부에 있던 서문엽이 앞으로 뛰쳐나갔다.

그대로 5—3구역으로 홀로 향했다.

그 모습이 대형화면을 통해 관중들에게도 비쳐지고 있었다.

＊　　　＊　　　＊

―서문엽 선수와 백제호 감독의 호흡이 아주 멋지네요.

―네, 17년을 쉰 게 믿겨지지 않는 솜씨를 발휘합니다, 백제호 감독. 오늘은 선수죠.

―저 정도면 웬만한 현역 선수들보다 좋은데요?

―역시 7영웅 명성값을 합니다. 아, 슬슬 서문엽 선수도 적극적으로 사냥에 나서는데요.

서문엽이 100㎝ 던지기 테크닉으로 아라크네를 학살하는 게 보였다.

"와아아!"

"진짜 세다!"

관중들이 감탄을 금치 못했다.

―최혁 선수도 움직임이 좋습니다. 오늘 갑자기 탱커로 출전했는데요, 지금까지는 디펜스가 좋아요.

시작부터 시선이 집중된 희망 팀.

"역시 서문엽의 움직임이 좋네."

"아라크네를 한 방에 죽이고 있어. 생각보다 힘이 좋은데?"

VIP석에서 경기를 보던 파리 뤼미에르 BC의 구단주 모로

형제가 한마디씩 감상평을 말했다.

그런데 옆자리에 있던 여자가 대화에 끼어든다.

"아니, 저건 100㎝ 던지기예요."

"그게 뭐죠, 슈란 양?"

형 장 모로가 물었다.

슈란이 가벼운 손짓으로 시범을 보여주며 설명했다.

"힘으로 찌른 게 아니라 던진 거라고요."

7영웅 멤버 슈란.

최후의 던전에서 함께했던 그녀는 서문엽의 테크닉을 잘 알고 있었다.

"오오! 그런 고급스러운 테크닉을."

"역시 서문엽은 최고야, 형."

"그렇고말고. 반드시 영입해야 해."

아직 제대로 실력 발휘도 안 했는데 영입을 결정한 모로 형제.

그런데 서문엽의 실력을 알 수 있는 순간이 일찍 찾아왔다.

서문엽이 혼자서 5구역의 보스 몹이 있는 5—3으로 달려가는 것이었다.

그러자 관중석에 있던 수많은 배틀필드 관계자들이 숨죽이고 주시하기 시작했다.

* * *

5-3구역.

5구역의 보스 몹은 세르펜.

철갑을 두른 거대한 독사로, 독니도 수십 개나 나 있는 흉측한 녀석이었다.

머리 크기만도 사람 덩치와 비슷한데, 입을 벌리면 서 있는 성인 남성을 통째로 삼키기에 충분하다.

잡아먹힌다면 잘근잘근 씹히는 고통과 독에 감염된 고통을 동시에 맛보게 된다.

"안녕?"

물론 서문엽은 세르펜에게 겁먹지 않았다.

시이이익……!

세르펜이 혓바닥을 날름거렸다.

똬리를 틀고 몸을 움직일 때마다 비늘이 서로 부딪혀 철컥거리는 소음을 일으킨다.

방패를 왼쪽 가슴 높이에.

창은 찌르기 직전의 자세로.

자세를 취한 서문엽은 조용히 호흡을 하며 정신을 집중시켰다.

집중력이 고조되었다.

호흡으로 들어온 공기의 양이 몇 리터인지까지 알 것 같을 정도로, 정신이 바짝 각성했다.

정신력 110이 발휘된 것.

"와, 새꺄."

세르펜에게 한마디 했다. 이에 호응하듯.

시이이이이이이익!!

세르펜이 아가리를 쩌억 벌린 채, 서문엽에게로 똑바로 돌진해 왔다.

서문엽도 앞으로 달렸다.

방패가 세르펜의 위치를 따라 점점 각도를 조정하며, 머리 위까지 올라갔다.

서로를 향해 다가가는 서문엽과 세르펜.

급속도로 가까워지더니, 이윽고 세르펜이 서문엽을 삼키려고 덤볐다.

쉬이익—!!

아가리가 서문엽을 그대로 흔적도 없이 덮치려는 찰나였다.

촤악!

서문엽이 바닥을 미끄러지며 슬라이딩을 했다.

가까스로 아가리를 피해 세르펜의 턱 아래쪽으로 파고든 서문엽.

독니도 머리 위로 든 방패로 튕겨내는 데 성공했다.

동시에 오른손에 쥔 창을 힘껏 위로 내질렀다.

오러가 가득 실린 일격이었다.

콰지지지지직!!!

"퀴이이이이익!!"

세르펜이 괴성을 지르며 날뛰었다.

철갑으로 온몸이 둘러싸여 있는 세르펜의 약점.

바로 턱 밑부분은 입을 크게 벌리기 위하여 유연하고 연하다는 점이었다.

단 일합(一合).

집중력이 최고조가 된 서문엽은 단숨에 세르펜의 급소를 노리는 최단 동선을 포착하고 실행했다.

거기에 민첩성도 강력한 집중에 의해 한계 이상까지 올라간 상황.

고통에 차 비명을 지르며 발광하는 세르펜의 몸부림에 깔리지 않도록 이리저리 구르며 빠져나오는 데 성공했다.

오러를 듬뿍 머금은 치명타라 세르펜은 쉬이 정신을 차리지 못했다.

그 모습을 보며 서문엽은 당황했다.

"뭐야, 이거. 저 자식 저러다 죽겠는데?"

5구역 보스 몹인 세르펜이 죽으면 5구역 전체가 붕괴된다. 5—2구역에서 사냥 중인 팀원들이 사냥을 중지하고 도망쳐야 한다.

"생각보다 더 깊게 들어간 것 같은데? 야, 정신 좀 차려봐, 새꺄! 힘내!"

서문엽이 발광하는 세르펜을 격려할 때였다.

―뭐라고?! 세르펜이 죽어?

뜬금없이 머릿속에서 백제호의 목소리가 울려 퍼졌다.

"헉, 씨발, 깜짝이야! 뭐야? 어디서 들리는 목소리야?"

―진정해. 같은 팀끼리는 떨어져 있어도 서로 목소리가 들려. 그런데 혹시 세르펜 죽어가고 있는 거야?

서문엽은 세르펜을 살피다가 답했다.

"아냐, 죽진 않을 것 같은데 애 상태가 별로 안 좋네?"

―말도 안 돼, 너 방금 싸움을 시작했잖아?

"카운터로 턱 밑에 한 방만 먹였을 뿐인데. 여기 세르펜은 좀 약한 거 아냐?"

―미치겠군, 세르펜을 한 방에 잡을 정도는 아니었잖아? 어떻게 된 거야?

"사냥 포인트 때문에 힘이 더 실린 게 아닐까?"

―겨우 그 정도 포인트 갖고 드라마틱하게 강해지진 않아. 내가 볼 땐 네가 더 강해졌어.

'그건 맞는 말 같군.'

서문엽은 속으로 생각했다.

110짜리 정신력이 다시 위력을 발휘한 게 아닐까 싶었다.

"아무튼 애 비실대서 더는 안 되겠다. 나 잠깐 다른 데 다녀올게."

―뭐?

"얘는 너희가 알아서 처리해."

정신을 차린 세르펜은 쉬이 덤비지 못하고 경계하는 눈치였다.

서문엽은 세르펜과 대치를 하면서 슬금슬금 움직이더니 그대로 질주, 4구역으로 향했다.

역시나 혼자서 말이다.

*   *   *

"크윽, 제기랄!"

제이크 랜드가 주먹을 불끈 쥐며 탄성을 터뜨렸다.

유럽 초인들의 대부로 불리는 에이전트 제이크 랜드.

그 또한 예전에 목숨 걸고 던전을 드나들었던 역전의 용사였다.

최후의 던전에 진입할 7영웅을 선발할 때, 제이크 랜드도 정부의 추천을 받아 자원했을 정도였다. 물론 면접 끝에 떨어졌지만 말이다.

"제법이긴 한데 한계가 뚜렷해. 당신 스스로도 알지?"

그때 면접을 보던 초인 중의 초인, 서문엽이 건넨 말이었다.

모든 걸 꿰뚫어 보는 말이었다.

기량이 더는 늘지 않고 오히려 나이 들어 하락하는 걸 느꼈

던 제이크 랜드는 순순히 승복했다.

그리고 누군들 안 그렇겠냐마는 그날 후로 서문엽에게 흥미를 느꼈다.

모든 걸 한눈에 꿰뚫어 보는 통찰력으로 불가능을 가능하게 만든 인류의 영웅!

그의 젊음.

위대한 역량.

제이크 랜드는 서문엽에게 매료되었었고, 그래서 그의 죽음을 안타까워했다.

그리고 현재…….

'그런데 당신은 여전히 그토록 젊고 아름답군.'

전율스러운 광경이었다.

세르펜을 일합으로 중태에 빠뜨린 그 치명적인 일격!

제이크 랜드도 옛날에 세르펜과 싸워봤다.

그 흉악한 괴물을 맞닥뜨리고도 정면에서 달려드는 용기는 어디서 나온단 말인가?

'달려드는 속도도 방패의 각도도 모두 치밀하게 계산되어 있었다. 결정적인 순간 급가속으로 슬라이딩해 아가리를 피해서 턱 밑으로 파고들 수 있도록.'

슬라이딩하는 와중에 역방향으로 찌르기를 펼치는 동작은 또한 얼마나 멋진가.

한두 번의 연습으로 될 일격이 아니었다.

그래서 더 놀랍다.

다른 배틀필드 선수들과 달리, 서문엽은 목숨을 건 실전 속에서 경험을 쌓았으니 말이다.

'멋지다. 그 한 장면으로 확인했다. 서문엽은 초일류야.'

옛날 서문엽이 그랬듯, 제이크 랜드도 그의 역량을 꿰뚫어보았다.

올해의 선수상을 노릴 수 있는 월드 클래스였다.

─세르펜에게 놀라운 일격을 선사한 서문엽 선수입니다! 한 방에 세르펜이 벌써 상태가 안 좋아요.

─가장 큰 약점인 턱 밑을 제대로 찔렀습니다. 저건 노린다고 쉽게 공략할 수 있는 약점이 아닌데, 어떻게 공략해야 하는지를 서문엽 선수가 아주 잘 보여줬어요!

─네, 삼키려는 순간 미끄러지며 파고들면 바로 위에 세르펜의 턱 밑이 보이는 거죠. 하하, 말은 참 쉽네요.

─이렇게 되면 희망 팀이 사냥에 탄력을 받습니다. 사랑 팀은 정석적인 4─4─3 전술로 세 구역에서 동시에 사냥하고 있거든요.

4─4─3은 4인, 4인, 3인 등 3개 조로 나뉘어 세 구역에서 동시에 사냥하는 것을 뜻했다.

빠르고 효율적인 사냥을 위하여 인원을 그렇게 배분한 것인

데, 배틀필드에서는 정석적인 전술이었다.

그에 비하면 희망 팀의 전술이 이상한 것이었다.

10인은 5—2구역을 빠르게 정리하고 있었고, 서문엽은 5—3에서 세르펜에게 중상을 입힌 뒤에 4구역으로 놀러가 버렸다.

—서문엽 선수가 홀로 4구역으로 가버립니다. 아직 세르펜을 죽이면 안 되니 다른 데서 사냥을 더 하겠다는 뜻이죠.

—4구역은 꽤 까다로울 텐데요. 저길 혼자 가네요.

—그러게 말입니다. 제 생각인데, 백제호 감독은 5구역을 정리하고서 6구역으로 갈 계획이었는데, 지금은 서문엽 선수의 돌발적인 행동이 아닐까 싶습니다.

그 짐작이 정확했다.

백제호의 플랜은 5구역—6구역—작은 원 지역이었다.

5구역 다음에 4구역을 거쳐도 지리적으로는 상관없지만, 문제는 4구역의 괴물들이 까다롭다는 점이었다.

그걸 모르는 서문엽은 4—3구역에 진입한 뒤에 눈을 반짝였다.

"오, 쟤네들이네."

뼈밖에 남지 않은 스켈레톤 10마리가 도사리고 있었다.

그냥 스켈레톤이 아니었다.

금으로 무늬가 새겨진 검은 갑옷으로 중무장했으며, 망토까

지 걸치고 있었다.

—너무 들뜨지 말고 조심해!

백제호의 경고가 머릿속에 들려왔다.

그럴 만했다.

한눈에도 복장부터가 위압감이 넘치는 저 스켈레톤들은 지저인의 조상들이었다.

정확히는 지저인이 자신의 조상들의 유골을 조작하여서 만든 괴물이다.

생명체가 아닌, 오러로 인해 동작하는 무기물에 불과했지만, 지저인이 각종 격투 기술을 입력해 넣어서 상당한 실력을 자랑했다.

빅 리그에서 뛰는 일류 배틀필드 선수들과 비교해도 테크닉에서 밀리지 않을 정도.

결국 팀플레이와 초능력으로 상대해야 사냥이 쉬운데, 스켈레톤도 10명이나 되니 약팀들은 이 4구역으로 가지 않는 것이다.

하지만⋯⋯.

'맷집은 약한데 격투 기술은 뛰어난 적이란 말이지.'

서문엽은 방패와 창을 들어 올리며 씨익 웃었다.

제일 좋아하는 상대였다.

힘과 맷집으로 밀어붙이는 상대는 까다롭다.

하지만 테크니션이라면 더 우월한 테크닉으로 쉽게 이길

수 있다.

기술 100/100.

서문엽은 테크닉에서 둘째가라면 서러운 실력자인 것이다.

서문엽은 가장 가까이에 있는 삼지창을 든 스켈레톤에게
다가갔다.

서문엽의 것보다 훨씬 더 긴 삼지창이 앞으로 겨누어졌다.

"솜씨 좀 볼까."

서문엽은 자신의 창으로 삼지창을 툭 쳐서 옆으로 젖혔다.

그리고 다음 순간.

파앗!

벼락같이 달려든 서문엽.

있는 힘껏 앞으로 내지르면서, 원형 방패로 오른쪽 옆구리
를 가린 자세였다.

콰지직!

터엉!

오러를 머금은 창이 스켈레톤의 두개골을 그대로 꿰뚫어
버렸다.

삼지창은 원형 방패에 의해 막힌 뒤였다.

약점인 두개골이 당하자 스켈레톤이 와르르 무너져 내렸다.

고수의 대결은 순간에 끝나기도 하는 법.

서문엽은 삼지창을 살짝 쳐내 0.1초의 틈을 만들고는 그대
로 달려들어 민첩성 승부를 펼친 것이었다.

집중력까지 발휘된 그의 민첩성은 최고 수준이었고, 단숨에 쓰러뜨릴 수 있었다.

"자, 다음."

서문엽이 대검을 든 스켈레톤을 응시했다.

상대의 무기가 대검인 걸 본 순간 서문엽은 일말의 망설임도 없이 즉각 창을 던졌다.

쉬이익!

스켈레톤이 대검을 휘둘러 창을 쳐내려 했지만.

콰지직!

헛스윙.

변화구처럼 특유의 회전이 실린 창은 궤도가 틀어지며 대검을 피해 스켈레톤의 심장부에 꽂혀 버렸다.

창이 꽂힌 심장부에서 검은 오러가 줄줄이 새어 나오기 시작했다. 인간으로 치면 대량 출혈 상태였다.

그 틈을 놓치지 않고 서문엽은 그대로 달려들어서 덩크슛을 하듯이 방패로 두개골을 찍어버렸다.

와르르르!

두개골과 함께 무너져 버리는 스켈레톤.

두 마리째 사냥하니 서문엽의 몸에 둘러져 있던 오러가 더욱 짙은 푸른빛으로 변했다.

하나하나가 강한 몹이라서 획득한 포인트도 많았다.

'왜 이런 좋은 곳을 피해서 6구역으로 가려 했던 거야?'

서문엽으로서는 이런 노다지가 없었다.

"다음."

서문엽의 미소가 짙어졌다.

4—3구역의 스켈레톤들이 빠르게 정리되기 시작했다.

백제호 일행은 이제야 겨우 5—2를 정리하고 5—3에서 세르펜과 싸우는 상황이었다.

서문엽의 활약이 계속될수록 경기장의 함성은 뜨거워졌다.

하지만 배틀필드 관계자들은 도리어 침묵했다.

일반인과 안목이 다른 전문가들은 서문엽의 진정한 실력에 압도되었던 것이다.

제8장

퍼스트 블러드

"엽아, 거긴 어때?"

세르펜 사냥을 지휘하던 백제호가 물었다.

—야, 여기 완전 꿀인데?

"혼자 거기서 사냥이 잘돼?"

—나 보라색이야.

"벌써?!"

포인트가 누적될수록 오러 색은 푸른색—보라색—붉은색—검은색—흰색으로 변한다.

이 시간에 벌써 보라색으로 오러가 변했다면, 정말 혼자 포인트를 엄청 쓸어 담았다는 뜻이었다.

백제호는 생각이 복잡해졌다.

'그냥 저기서 혼자 사냥하게 놔둘까?'

서문엽을 외딴곳에 홀로 내버려 둬서 적의 방해를 받지 않고 잘 크게 하는 것도 좋은 생각 같았다.

'아냐, 그래도 혼자서는 좀 불안하지.'

결정을 내린 백제호가 지시했다.

"백하연, 세르펜을 마무리하고 서문엽에게 합류해. 나머지는 6구역으로 간다."

"옛!"

일행은 함께 세르펜을 공격했다.

이미 서문엽에게 치명타를 한 번 먹었던 터라 쉽게 잡혔다.

마무리는 백하연의 몫이었다.

촤악!

날카로운 채찍 끝이 세르펜의 턱 밑을 다시 한번 꿰뚫은 것.

세르펜은 고통에 몸부림치다가 쓰러졌다.

쿠르르릉!

5구역 전체가 지진으로 흔들거렸다. 보스 몹이 죽자 붕괴가 시작된 것.

세르펜을 마무리해서 포인트를 획득한 백하연은 서문엽이 있는 4구역으로 달려갔다.

'하연이에게도 포인트를 많이 먹여놨으니 둘이서도 안전할

거다.'

혹시나 모를 적의 습격을 위한 안전장치였다.

둘뿐이지만 서문엽은 강하고 백하연은 발이 빠른 데다 순간 이동까지 있으니 위기가 닥쳐도 잘 빠져나갈 수 있으리라.

나머지는 6구역을 향해 달렸다.

6구역은 6-1, 6-2 두 구역으로 분류되는데, 백제호는 각각 4명, 5명씩 나눠서 사냥을 했다.

조마다 탱커가 한 명씩.

4인 조는 임시 탱커지만 본래 딜러인 최혁도 있으니 사냥 효율에 균형이 맞아떨어졌다.

"엽아, 넌 거기서 하연이와 사냥에 열중해. 적과 만나면 너희가 핵심이 될 거니까."

—알았어.

＊　　　＊　　　＊

—서문엽 선수와 백하연 선수가 빠른 속도로 사냥을 하고 있네요.

—두 사람 다 멀티 포지션을 소화하기 때문입니다. 백하연 선수는 보조 딜러에 근접 딜러까지 소화 가능하고, 서문엽 선수는 탱커이지만 근접 딜러와 원거리 딜러를 두루 소화할 수 있는 데다가 오더도 가능하죠.

―하하, 최후의 던전 공략도 지휘했으니 세계 최고의 오더였죠. 다른 건 몰라도 괴물을 사냥하는 분야는 여전히 최고일 겁니다.

비록 탱커이지만 톱클래스의 민첩성을 가진 서문엽은 사냥 속도가 굉장히 빨랐다.

거기에 백하연이 가세하자 시너지가 일어나 가속도가 붙었다.

1+1이 2가 아니라 3, 4 이상이 되려면 평상시에 서로 호흡을 맞추는 훈련을 충분히 해야 한다.

두 사람이 그런 훈련을 했을 리 없을 텐데도, 지금 경기에서 보이는 호흡은 완벽했다.

"백제호의 딸이니까."

다이어트 콜라를 다 비워 버린 거구의 흑인, 조 펠만이 말했다.

"백제호가 키웠어. 당연히 채찍만 빼면 백제호지."

"17년 전의 팀워크를 다시 재현하는 건가 봐요?"

비서가 매혹적인 미소를 띠며 묻자 조 펠만은 고개를 저었다.

"우리 관점에서 보면 안 돼. 서문엽의 입장에서는 겨우 몇 주 전의 일이야. 그리고 백제호와 같을 수는 없지. 채찍을 다루는 유용한 초능력을 가졌지만, 스피드는 더 느리니까."

"미스 백도 스피드 하나는 빅 리그에 내놔도 되는 수준 아닌가요?"

"그렇지. 하지만 백제호는 서문엽이 7영웅을 선발할 때 그 이상의 스피드를 가진 초인을 찾을 수 없었을 정도야. 있었다면 친구라도 최후의 던전에 데려가지 않았겠지."

"당대 최고 스피드라면, 지금으로 치면……"

"나단 베르나흐쯤 되겠지. 어쩌면 그래서 서문엽이 나단 베르나흐를 무의식중에 마음에 들어 했던 걸 수도 있고."

"저기 앉아 있는 문어 형제에게는 좋은 소식이네요? 만약 선수를 한다면 파리 뤼미에르에서 나단과 호흡을 맞춰보고 싶어 할지도 모르니까요."

문어 형제라는 비서의 말에 조 펠만은 키득거렸다.

"그곳에 가더라도 나와 함께 가야지. 서문엽 같은 위대한 스타는 나 같은 유능한 에이전트가 필요하니까. 아무튼 저 호흡은 서문엽이 백하연에게 맞춰주고 있는 거야. 그래서 더 대단한 선수지."

독불장군 같은 성격이지만 던전에서는 많은 요소를 고려하는 사려 깊은 성격.

두말할 나위 없이 최고의 리더였다.

"자, 영웅이여. 이제 대인전을 보여줘. 대인전만 입증되면 돼."

같은 사람을 상대로도 잘 싸운다는 것을 보여주기만 하면

서문엽은 완벽해진다.

"저 사람도 참 피곤하겠네요."

그의 미모의 여비서는 영화 속 주인공처럼 대형화면에 줄곧 비쳐지고 있는 서문엽을 바라보며 말했다.

"뭐가?"

"죽다 되살아날 정도로 힘들게 싸우고 돌아온 지 이제 겨우 2주 남짓인데, 그의 활약을 바라는 사람들이 아주 많잖아요."

"흐음……."

그 말에 조 펠만도 곰곰이 생각에 잠겼다.

"좋은 지적이야. 한 번 서문엽이 되어서 생각해 보는 게 좋을 것 같아."

조 펠만은 두 검지를 양쪽 관자놀이에 대고 정말로 깊이 몰입한 듯한 제스처를 취했다.

"나는 서문엽이다."

"꼭 그런 포즈를 취해야 하나요?"

"응. 난 지상 최강의 초인이다. 미국 대통령도 한 수 접어준다. UN 사무총장이 도와달라고 구걸했었다."

"그런 시절도 있었죠."

"나는 가족이 없다. 사랑 대신 학대를 받았다. 초인이 되자 복수를 했다. 그래, 내 초인의 힘은 나를, 그리고 세상을 구원하는 힘이다."

조 펠만의 눈빛이 날카롭게 빛났다.

"돌아와 보니 모든 게 변했다. 친하게 지낸 몇 안 되는 사람들마저 변했고, 심지어 친구의 집도 기억 속에 없는 생소한 저택이다. 대중은 그를 알고 존경하지만, 그건 진짜 내가 아닌 미디어가 만든 이미지일 뿐이다. 내가 가진 모든 것도 사라져 버렸다."

"……."

"이곳은 다른 세상이다. 애착을 가질 만한 것이 조금도 남지 않았다. 사람들이 자꾸만 날 부르는데, 관심 없다. 사람들이 나를 원하지만, 낯선 세상의 낯선 주민들에게 관심 없다. 나는 혼자다."

"참 우울한 이야기네요."

"그렇지. 하지만 뭐, 그래도 만인이 존경하는 영웅인 게 어디야? 이 세상엔 아직도 전쟁과 굶주림에 고통받는 사람들도 많다고."

"그럼 이제 어떻게 하시게요? 그 요상한 포즈로 분석하신 바에 따르면 배틀필드 선수가 될 생각이 없어 보이는데요."

"내 개인적인 판단이지만, 시간을 두고 기다려 줘야 해."

"뭘요?"

"방문한 지 2주밖에 되지 않은 이 낯선 세계에 정을 붙일 시간 말이야. 사람들과 친해질 시간도 줘야지. 유일한 친구인 백제호도 그에게는 기억보다 17살 더 먹은 옛 친구에 불과해."

자선 경기 1세트는 약간의 시간이 흐르자 양 팀 사이에 긴장감이 흐르기 시작했다.

사냥을 하며 구역이 하나둘씩 정리되면서, 양측의 거리가 서서히 가까워진 것이다.

한두 구역을 사이에 둔 정도의 거리라면 몰래 잠입해 기습도 시도할 수 있었다.

둘이서 사냥하던 서문엽과 백하연도 일행과 다시 합류했고, 본격적으로 인간 간의 유혈이 발발할 것으로 보였다.

그럴수록 경기장에 모인 수만 관중의 기대감도 고조되고 있었다.

"오오오!!"

"싸워라!"

"기다렸다고! 서문엽!"

계획대로 서문엽과 백하연, 그리고 백제호 3인이 조를 이루어 사랑 팀이 사냥 중인 구역으로 잠입하기 시작했다.

─희망 팀의 세 사람이 던전을 빠르게 우회합니다.

─도중에 괴물들과 맞닥뜨리면 들킬 수 있기 때문에 이미 사냥이 완료되어 괴물이 없는 쪽으로 우회하는 겁니다.

던전의 각 구역은 보스 몹이 죽으면 붕괴되는 곳이 있고 붕괴되지 않는 곳이 있다.

던전이 너무 넓고 길이 많으면 영원히 도망만 다녀서 승부가 안 끝날 수 있기 때문에 그런 식으로 제한을 둔 것이다.

하지만 반면에 길이 너무 제한적이면 경기 양상이 단조로워질 수 있어서 계속 유지되는 구역도 있었다.

물론 선수들의 판단에 따라 일부러 보스 몹을 처치하지 않고 구역을 유지시키는 작전도 있기에 배틀필드는 다양한 양상이 나타난다.

─이 경기의 분기점이 될 수 있는 중요한 기습 작전입니다. 여기서 이득을 챙기면 바로 승부를 볼 수도 있어요.

─희망 팀의 핵심 전력이자 이번 자선 경기에서 가장 핫한 세 선수의 활약이 기대됩니다.

상대측인 사랑 팀은 5인, 6인으로 나눠져 두 구역에서 사냥을 하고 있었다.

4─4─3 전술로 3개 조를 운영해 왔지만, 이제는 적습이 언제 있을지 모르니 5─6으로 안전하게 사냥하는 것.

세 사람이 향하는 곳에는 5인이 사냥을 하고 있었다.

그중 탱커만 2명이라 나름대로 기습에 대비해 디펜스를 높인 것이었다.

"수적으로 부족하기 때문에 기습을 펼친 직후에 바로 물러나야 해."

백제호가 간략하게 작전을 설명했다.

"1명만 처치하면 그냥 빠지고, 2명 이상을 처치하면 전원이 공세를 펼쳐서 승부를 보는 거야."

11 대 10은 그리 큰 수적 차이가 나지 않는다.

워낙 초능력이 다양해서 막상 한 타 싸움이 벌어지면 어느 쪽도 승부를 장담하지 못하는 것이다.

하지만 11 대 9라면 수적 차이가 확실하게 난다.

그 점을 염두에 두고서 작전을 짠 백제호였다.

그때 잠자코 있던 서문엽이 말했다.

"그 졸부 아들내미."

"심영수?"

"몰라, 아무튼 비리비리한 원거리 딜러 놈 있잖아."

"그래, 대표 팀의 화력을 담당하는 핵심 원거리 딜러야."

"그 자식을 처치하면 1명만 죽였어도 유리하잖아."

"그야 그렇지. 저쪽 사랑 팀에서 영수가 차지하고 있는 화력 비중은 크니까."

폭발을 일으키는 '폭발 구체'는 물론, 상대를 묶는 '속박'도 까다롭다.

오러도 84/85로 높은 편이었으니 위력도 상당할 터.

하지만 서문엽은 정신력 26짜리의 그 허접한 녀석이 두렵지 않았다.

'제멋대로 자라서 자기가 원하는 상황에서는 활약하지만,

원치 않는 상황이 발생하면 힘을 못 쓰는 타입이지.'

워낙 분석안으로 다양한 인간 군상을 봐온 탓에 딱 한 번 얼굴을 봤으면서도 거의 확신하고 있는 서문엽이었다.

이윽고 적과 맞닥뜨렸다.

서문엽은 사냥 중인 적 5인 중에서 심영수가 있음을 확인했다.

"좋은 생각이 있어. 내가 시키는 대로 해."

서문엽이 입을 열었다.

백제호와 백하연은 고개를 끄덕였다.

"기습이다!"

사랑 팀이 일행을 발견하여 소리쳤을 때, 서문엽은 곧바로 창을 던졌다.

쉬이이익!!

목표는 심영수였다.

"어딜!"

근처에 있던 사랑 팀의 근접 딜러 한 명이 몸을 날려서 창을 쳐냈다.

까아앙!

환도에 의해 쳐내진 창이 나가떨어졌을 때였다.

서문엽은 또 하나 던졌다.

이번에는 창이 아니라 백제호를 말이다.

쏜살같이 공중을 나는 백제호.

이어 순간 이동으로 순식간에 거리를 좁혀 근접 딜러에게 검을 휘둘렀다.

촤악!

"크윽!"

심영수를 보호하느라 몸을 날렸던 근접 딜러는 제대로 방어하지 못하고 아바타가 소멸되고 말았다.

뒤를 이어 서문엽은 백하연도 던졌다.

날아간 백하연은 적들 한복판에 떨어진 백제호의 허리를 채찍으로 휘감아 힘껏 당겼다.

백제호의 몸이 다시 공중을 날아서 서문엽에게 되돌아왔고, 백하연 또한 순간 이동을 써서 되돌아오는 데 성공했다.

완벽한 팀플레이!

적 한복판에 몸을 날려 1명을 죽이고 안전하게 되돌아온 것이다.

서문엽은 다시 심영수를 향해 새로 꺼낸 창을 던졌다.

당황한 심영수는 몸을 날려 피했지만.

푸우욱!

"컥!"

창은 도중에 방향을 꺾어 뚝 떨어지면서 가까이 있던 탱커의 머리에 꽂혔다.

물론 꽂히기 전에 아바타가 소멸되었다.

2킬!

'그럴 줄 알았다. 초능력은 좋지만 멘탈이 약한 팀 동료라면 물가에 내놓은 애처럼 돌볼 수밖에 없지.'

심영수를 보호하느라 정신이 팔린 빈틈을 제대로 찌른 서문엽이었다.

*   *   *

ー정말 멋집니다! 재치 있는 연계 플레이가 나왔어요!

ー심영수 선수를 노리는 척하면서 보호하려고 움직인 다른 선수들을 차례로 쓰러뜨렸죠. 심영수 선수가 화력의 핵심이라 중한 보호를 받고 있다는 점을 간파한 플레이였습니다!

ー백제호 백하연 부녀가 같이 순간 이동을 쓰니 저런 센스 있는 장면이 나오는군요!

ー서문엽 선수의 역사적인 퍼스트 블러드도 멋졌습니다. 의미 있는 명장면으로 계속 회자되겠군요.

ー서문엽 선수가 가진 초능력 던지기는 가치에서 C등급을 받고 있죠. 방금 보셨다시피 사람도 던질 수 있고 비거리와 속력을 조절할 수 있다는 활용성 때문에 받은 등급인데, 사실 위력만 따졌을 땐 E등급 정도죠. 그런데 서문엽 선수가 창에 회전을 먹여 던지는 변화구 같은 테크닉으로 멋지게 발전시켰어요.

ー네, 그 점이 놀랍습니다. 투수로 치면 제구가 되는 스크

루볼이에요. 방금도 심영수 선수에게 향하던 창이 뚝 떨어졌잖습니까? 어디를 맞출지 완벽하게 컨트롤할 수 있다는 뜻입니다. 이렇게 막기 어려운 투창이면 C등급은 받고도 남죠.

중계진이 흥분해서 해설에 열을 올렸다.

2명이 처치되자 희망 팀은 총공격을 개시했다.

서문엽이 있는 쪽에서는 인원수가 같아졌으므로 3 대 3이 벌어졌고, 그 남쪽 구역에서는 6 대 8로 전투가 펼쳐졌다.

남쪽 구역의 사랑 팀 6인은 전원이 국가 대표 선수였던 탓에 희망 팀 8명을 상대로도 잘 버텼다.

하지만 승부의 균형은 3 대 3 싸움에서 무너졌다.

파앗!

백제호가 서문엽에게 던져져서 공중을 날았다.

날개처럼 두 팔을 펼치며 공중제비를 돈 백제호는 매처럼 사냥감을 포착했다.

바로 심영수가 보였다.

이윽고 천장을 박차며 낙하!

"속박!"

심영수가 급히 오러로 이루어진 로프를 던졌다.

물론 부질없었다.

파앗!

순간 이동으로 로프를 피하며 순식간에 심영수의 지척에

도달한 백제호는 그동안 꾸준히 수련한 연속 베기를 시전했다.

쉬쉬쉭!!

촤악!

섬전 같은 3단 베기가 작렬했다.

전성기 시절의 공중 3단 베기를 그대로 재현해 내는 데 성공한 것이었다.

"크억!"

심영수의 아바타가 소멸되었다.

지켜보던 관중들의 어안이 벙벙해지게 만드는 장면이었다.

현역 한국 국가 대표 선수들에게서도 보기 힘든 엄청난 움직임이었기 때문이다.

너무 고난이도의 동작이었던 탓일까.

균형을 잃은 채로 땅에 착지한 백제호를 노리고 근접 딜러가 달려들었다.

하지만.

휘익!

"큭!"

타이밍 좋게도 서문엽이 창을 던져서 근접 딜러를 견제해 주었다.

그 덕에 백제호는 무사히 몸을 뺄 수 있었다.

호흡이 척척 맞는 두 사람이었다.

"젠장! 후퇴해!"

둘밖에 안 남은 사랑 팀이 동료들과 합류하기 위해 도망쳤다.

여기서 계속 싸울 바에는 차라리 한곳에 집결해서 8 대 11로 싸우는 편이 낫다는 판단이었다.

도망치는 그들을 보며, 서문엽은 이번에는 백하연에게 손짓했다.

"너도 해볼래?"

"응!"

서문엽은 방패를 내밀었다.

훌쩍 백하연이 위에 올라앉자, 힘껏 던졌다.

슈웅!

몸을 둥글게 만 채 포환처럼 날아간 백하연.

속력이 떨어졌을 즈음.

파앗!

순간 이동으로 다시 한번 10m를 건너뛰었다.

그리고 채찍을 날렸다.

촤악!

"컥!"

채찍이 도망치던 근접 딜러의 발목을 낚아챘다.

던지기+순간 이동+채찍으로 엄청난 거리를 좁혀 적을 추격하는 데 성공한 것!

그대로 채찍을 끌어당기며 달려드는 백하연. 근접 딜러가 된 뒤에 이런 상황에서 무척 공격적이게 된 그녀였다.

발목을 낚아채인 탓에 균형을 못 잡은 딜러는 저항을 했지만, 이내 백하연에게 베여 소멸됐다.

같이 도망치던 탱커가 동료를 구하려 했지만, 또 서문엽이 창을 던져서 견제해 주었다.

적절하게 보조를 맞춰주어서 두 사람의 활약을 도운 서문엽.

눈에 띄지는 않지만 정확히 판단하고 지능적으로 움직인 서문엽의 플레이였다.

그대로 한곳에 모여서 7 대 11의 일방적인 한 타 싸움이 펼쳐졌다.

서문엽이 특별히 나설 필요도 없는 싸움이었다.

1세트는 그렇게 희망 팀의 8 대 0 승리로 돌아갔다.

서문엽의 기록은 1킬 2어시스트.

화려하지는 않았지만 무결점의 활약이었다.

―첫 출전한 배틀필드 무대에서 서문엽 선수가 완벽한 모습을 보여줬습니다.

―예, 사실 기대했던 것처럼 막 화려한 면은 없었습니다만, 한 번도 위태롭지 않고 팀플레이에 기여했던 면에서는 완벽한 탱커였습니다.

—사실 서문엽 선수 본인도 한 타 싸움에서 적극적으로 나서기보다는 동료를 도와주는 모습이 강했습니다. 네, 결정적이었던 한 타 싸움이 다시 나오네요.

11 대 7로 1세트를 마무리 지었던 격전 영상이 대형화면에 나왔다.

거기서 서문엽은 그다지 공격에 적극적이지는 않았지만, 선두에서 적의 공격을 막아내는 탱커로서의 역할은 다했다.

그때도 위태로운 모습은 전혀 없었으니, 사실상 쉬엄쉬엄하고 있다고 봐도 옳았다.

—창을 던지는 솜씨가 예술 그 자체였고, 백제호 선수와 백하연 선수를 보조해 주는 모습도 팀플레이어로서 완숙된 모습이었습니다. 정말, 저런 선수가 국가 대표 선수로 뽑힌다면 대표 팀의 조직력이 한층 강화될 텐데요.

—하하, 그건 서문엽 선수의 의사에 달린 문제죠.

1세트가 끝나고 휴식 시간 동안 다양한 경기 장면 리플레이와 함께 서문엽의 이야기가 꽃피웠다.

서문엽도 서문엽이었지만, 1세트에서 총 3킬 3어시를 해낸 백제호의 미친 활약도 큰 화제였다.

서문엽이야 시간 왜곡 탓에 아직 서른이라지만, 17년이나

무기를 놓았던 48세의 백제호가 그런 활약을 펼칠 줄은 몰랐던 것이다.

질풍처럼 전장을 누비며 자신이 지도하는 국가 대표 선수들을 베어 넘기는 백제호의 활극은 충격적이었다.

희망 팀 선수 대기실.

"와, 감독님. 완전 쩔었던 거 알아요? 그냥 선수 뛰세요!"

"차라리 내가 뛰고 말지, 라는 생각을 실제로 하셨겠네요?"

"너무 아깝다. 은퇴 안 하셨으면 올해의 선수상 여러 번 타셨을 텐데."

승리에 도취된 희망 팀 선수들이 백제호에게 한마디씩 했다.

백제호는 쓴웃음을 지을 뿐이었다.

은퇴하지 말걸, 하는 후회를 대표 팀 감독을 맡으면서 종종 했었다.

오늘 17년 만에 다시 무기를 잡으니 그 생각이 더욱 강해졌다.

'역시 즐겁다.'

초인이 되고서 위험이 도사리는 던전을 누볐던 시절에도 이런 즐거움이 있었다.

생존을 장담할 수 없는 무서운 곳이었지만, 서문엽과 함께라면 어떻게든 이겨낼 수 있다는 믿음이 있었다.

그렇기 때문에 무서우면서도 이를 이겨내는 희열을 느낄

수 있었다.

'오늘도 엽이와 함께했기 때문에 즐거운 것이겠지.'

그때, 선수 대기실에 설치된 TV에서 안내 방송이 나왔다.

―1세트 MVP.

그 뒤에 백제호의 모습이 TV에 나타났다.

"와아!"

"MVP까지 드셨다!"

"오오!"

희망 팀 선수들이 박수를 치며 환호했다.

백제호는 머리를 긁적였다.

"MVP까지는 아니었는데."

"무슨 소리세요. 그냥 직접 국가 대표로 뛰셔도 되겠던데."

왁자지껄한 희망 팀 선수 대기실.

서문엽이 다가와서 히죽 웃었다.

"내가 말했지? 차라리 네가 뛰라고."

"……."

정말로 일주일 정도 훈련을 했더니 현직 국가 대표 선수들을 능가하게 되었다.

이 나라 배틀필드 수준이 이 정도로 추락할 줄 알았더라면 은퇴를 하지 않았을지도 모른다.

백제호는 고개를 휘휘 내저었다.

"자자, 됐고. 이제 2세트 준비하자. 2세트 던전은 '망자의 미궁'이다. 엽아, 여기 기억나?"

서문엽은 심드렁히 대꾸했다.

"1년 전에 공략한 데잖아."

1년 전이라는 말에 선수들은 숙연해졌다.

18년 전까지 실존했던 던전이라고 들었지만, 서문엽에게는 불과 1년 전의 이야기였다.

망자의 미궁.

이는 방과 계단들이 얼기설기 복잡하게 이어진 미궁이었다.

미궁은 전체적으로 아래를 향해 내려가는 형태를 띠고 있는데, 중력의 방향성을 조작해 놔서 계단이 오르막인지 내리막인지도 알기 어려운 악취미 같은 던전이었다.

하지만 난간도 없는 위험한 계단에서 떨어지면 아주 확실하게 최하층에서 시체로 발견된다.

방바닥이나 계단에서 벗어나는 순간 10배의 중력을 받아 추락사시키는 것이다.

공략 불가로 판정받은 던전으로, 서문엽이 공략할 때까지 수많은 초인의 시체를 양산한 던전이었다.

"주로 출현하는 괴물은 스켈레톤으로, 최하층에 모셔진 왕과 함께 매장된 신하들이 침입자를 공격하는 곳이다. 활과 마법에 의한 원거리 공격이 잦은 만큼 탱커들의 역할이 중요하

고, 무엇보다 길을 소상히 파악하고 있어야 한다."

그러면서 백제호는 다시 한번 서문엽을 바라보았다.

다른 선수들이야 프로리그를 통해 '망자의 미궁'을 한두 번 겪어본 게 아니었다.

하지만 한 번밖에 못 겪어본 서문엽이 걱정되는 것이었다.

"다 기억하고 있어, 걱정 마."

서문엽은 손사래를 쳤다.

지도까지 그려가면서 공략했던 던전이었다.

진저리나도록 고생했기 때문에 똑똑히 기억났다.

거기다가 그냥 애들 보는 책에 그려진 미로처럼 평면이 아니라, 전후좌우 위아래로 입체적으로 얽혀 있어서 지도를 그리기도 힘들었다.

그런데도 기어코 다 그려서 지금은 서문엽 박물관에 전시됐으니, 머릿속에 내부 구조가 다 들어 있었다.

"특별히 변형된 건 없지?"

"응."

"오케이. 그럼 다 알아."

"알았다. 그럼 작전을⋯⋯."

백제호가 뭐라고 실컷 설명하는 작전 따위는 귀에 들어오지 않았다.

'망자의 미궁이라고? 잘됐군.'

1세트 아즈사의 나선 굴보다 훨씬 상대 팀에게 접근하기가

용이했다.

루트가 한두 가지가 아니라서 어디서 어떻게 적과 마주칠지 모르는 것이 이 던전의 재미였다.

던전 구조를 다 기억하고 있는 서문엽은 이 점을 충분히 짐작할 수 있었다.

'너희들 수준은 1세트 때 파악 끝났다.'

TV로 대충 수준은 알았지만 실제 보유한 능력치와 초능력, 그리고 그것들을 얼마나 잘 활용하는지 여부까지.

사랑 팀의 국가 대표 선수들 수준은 한마디로…….

'죽었다고 복창해라, 허접들아.'

*   *   *

2세트가 시작되었다.

던전에 접속한 서문엽은 망자의 미궁의 전경을 둘러보며 감회에 젖었다.

끝이 보이지 않는 무저갱에 다닥다닥 설치된 직육면체의 방들.

그리고 방들을 이어주는 오르막인지 내리막인지 모를 계단들.

추상화 같은 풍경을 실제로 본다는 것은 오싹한 공포를 자아내는 일이었다.

"제호야."

"응?"

"난 혼자 움직일 테니까 너희는 알아서 해라."

"뭐? 무슨 소리를······!"

"안녕."

서문엽은 방에서 나온 뒤, 계단에서 훌쩍 뛰어내렸다.

10배의 중력을 받아 급강하한 서문엽은 간신히 아래쪽에 있던 계단 위에 착지했다.

미궁의 구조는 이미 꿰고 있었다.

10배의 중력을 활용할 줄도 알았고, 어디서 뛰어내리면 어디로 도착하는지 지름길도 잘 알았다.

'다들 그렇게 내 실력을 보고 싶다고?'

서문엽의 웃음이 다소 싸늘했다.

'보여주지. 대신 너희 상상과 달리 좀 처참할 수 있으니 조심해.'

대중의 환호가 충격, 경악으로 바뀌면 참 재미있을 것 같았다.

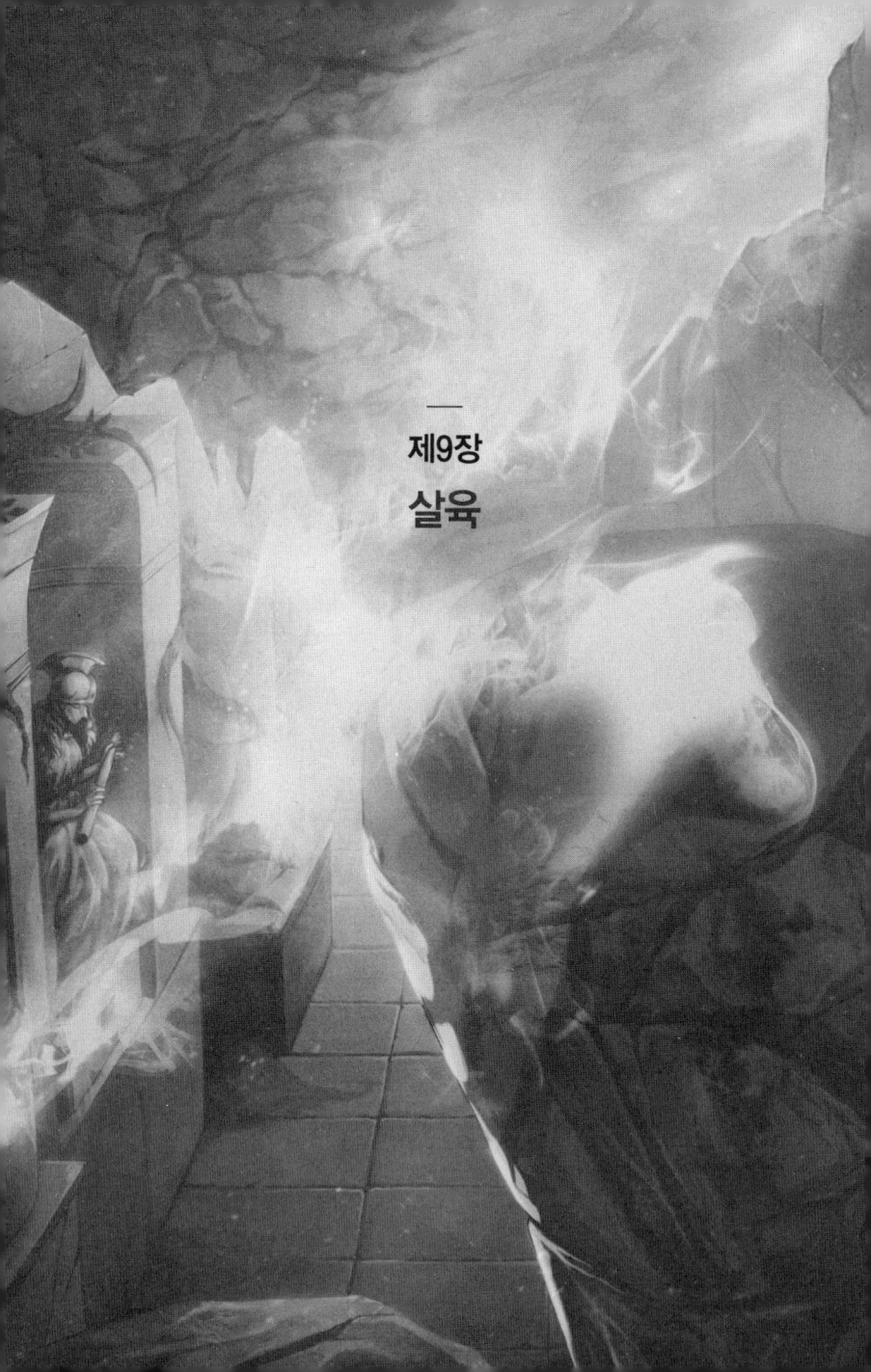

제9장
살육

시작한 지 8분쯤 됐을 때였다.

엄청난 속도로 미궁을 쏘다니며 나타나는 스켈레톤을 부수고 밟고 다니던 서문엽은 마침내 사랑 팀을 발견했다.

거리는 약 30m.

뒤에서는 여전히 스켈레톤들이 쫓아오고 있는 형국.

하지만 사랑 팀을 발견하자 서문엽은 눈을 빛내며 분석안을 펼쳤다.

'쟤는 아니고, 쟤도 아니고, 그래, 얘다!'

서문엽은 계속 달리면서 그대로 창을 있는 힘껏 던졌다.

쉬이익!!

초능력의 힘으로 난폭하게 바람을 가르며 날아간 창.

"헉! 피……!"

민첩한 딜러가 먼저 발견하고는 소리치려던 찰나.

퍼억!

앞서가던 탱커는 뒤늦게 창을 보았지만 반응을 못 해보고 머리에 맞아 아바타가 소멸되었다.

멀리 떨어져 있는 서문엽은 그들을 향해 가볍게 손을 흔들어 보였다.

'그래, 반응 못 할 줄 알았다. 민첩성 51/54짜리.'

경기 시작 전에 민첩성이 가장 낮은 선수를 미리 봐뒀다.

민첩성이 낮으면 반응 속도도 느리므로 기습할 때 가장 좋은 타깃이었다.

플레이어 킬도 포인트를 주기 때문에 서문엽의 몸은 벌써부터 짙푸른 빛깔이 되었다.

서문엽은 질기게 쫓아오는 스켈레톤들을 재빨리 정리하고는 다시 다른 곳으로 이동했다.

"벌써부터 여기까지 접근하다니! 제기랄, 허를 찔렸어."

먼저 반응했으나 손을 쓰지는 못했던 딜러가 신경질을 내며 계단에 떨어진 서문엽의 창을 걷어찼다.

창은 아래로 추락하며 어둠 속으로 사라져 버렸다. 서문엽이 창을 회수 못 하게 조치한 것이었다.

"혼자 온 것 같은데?"

"그건 몰라. 지금부터 사주 경계 잘해. 또 습격할지도 모르니까."

사랑 팀은 그때부터 습격에 대비해 경계를 강화했지만, 그 탓에 사냥 속도는 현저히 줄어들었다.

한편, 서문엽은 계속 망자의 미궁을 홀로 떠돌았다.

정처 없이 떠도는 것 같아 보이지만, 실은 길을 다 알고 있었다.

'이제 경계를 할 테니 기습은 효과가 없고.'

머릿속으로 김정호라도 된 양 피땀 흘려 그렸던 망자의 미궁 지도를 떠올렸다.

직접 보고 겪으며 그렸기 때문에 머릿속에 깊이 각인되어 생생하게 기억났다.

'아냐. 거기서 다시 한번 창을 날려보자.'

서문엽은 창을 던져 기습하기 좋은 지형을 떠올렸다.

아까 던졌던 창은 회수를 못 했으니, 이제 남은 창은 3자루.

아직 기회가 더 있었다.

'그곳에 먼저 가서 기다리려면 서둘러야겠군.'

이 미궁은 헤매다 보면 어느새 점점 아래로 내려가게 되어 있는 구조였다.

하지만 길을 잘 아는 서문엽은 거슬러 올라가기 시작했다.

얼마나 갔을까?

"이쯤인가."

스켈레톤들을 헤치며 올라온 서문엽은 계단 위에 서서 아래를 내려다보았다.

시야에 보이지는 않았지만, 아까 봤던 사랑 팀 선수들이 지금쯤 어디를 지나고 있을지 예측이 가능했다.

이동 속도와 경로를 염두에 두고서 계산을 했기 때문이었다.

이런 면에 있어서 서문엽의 두뇌는 매우 우수한 편이었다.

그 옛날, 위험이 도사리는 던전에서는 누구나 신중하고 철저히 분석할 수밖에 없었는데도, 유독 서문엽만이 분석안을 얻었다.

관찰하고 분석하는 사고력의 수준이 다른 초인들을 한참 상회했다는 뜻이었다.

'지금쯤 저곳을 가고 있겠지.'

다른 방과 계단 등에 가려져서 시야에는 보이지 않는다.

그래서 오히려 이곳을 골랐다.

다른 말로, 상대도 이쪽을 보지 못한다는 뜻이니까.

'확률은 반반이니까 실패하면 어쩔 수 없고.'

서문엽은 신중하게 창을 던지는 그립으로 잡았다.

이윽고.

"사랑은."

휘이익!

오러를 신고 힘껏 던졌다.

"돌아오는 거야!"

드라마의 영향이 다분한 기합이었다.

쐐애액—!!

오러와 근력, 그리고 던지기 초능력이 실린 투창!

거기에 던지는 순간 손끝으로 창대를 긁으며 강력한 회전을 실었다.

긁히는 느낌이 좋았다.

창은 회오리와 같은 궤도를 그리며 날았다.

스크루볼처럼 옆으로 꺾이며 시야를 가리고 있던 방과 계단 등을 피해 갔다.

그리고 다시 꺾이면서 적이 있을 거라고 예측했던 지점을 향해 쏘아졌다.

'좋아!'

서문엽은 쾌재를 불렀다.

각도가 없는 곳에서 창을 던져 목표물을 적중시키기란 쉬운 일이 아니었다.

심지어 이렇게 멀리 떨어져 있으며, 10배 중력이라는 변수까지 있을 때는 말이다.

그야말로 기술 100/100의 진수가 집약된 일격이라 할 수 있었다.

그리고……

퍽!

둔탁한 소음과.

"켁!"

단말마의 신음이 먼 곳에서 아스라이 들렸다.

―서문엽, 2킬.

미궁에 안내 방송이 나타났다.

플레이어가 죽었거나 한 구역이 붕괴될 때만 나타나는 방송이었다.

"아자!"

주먹을 불끈 쥐는 서문엽.

2022년 초, 가장 위대한 킬 장면이 탄생한 순간이었다.

그때 백제호의 목소리가 들렸다.

―엽아, 어떻게 된 거야?

"기뻐해라, 나 이제 보라돌이 됐다."

스켈레톤 사냥과 2킬로 쌓인 포인트로 인해 온몸에 보랏빛 오러가 둘러싸인 서문엽이었다.

―대체 어떻게 2킬을 한 거야? 우리도 그리로 합류할까?

이제 상황은 11 대 9. 수적으로 유리한 상황이 됐으니, 적극적으로 거리를 좁혀 압박해도 되겠다고 백제호는 판단한 모양.

지극히 정상적인 판단이었지만, 서문엽은 고개를 저었다.

"너희는 하던 대로 해."

—너 지금 어딘데?

"여기가 아마 2—2구역이었지, 아마?"

—적은?

"저 밑에 4구역."

—뭐? 2—2에서 어떻게 4구역에 있던 적을 죽… 아, 창 던졌
구나. 그게 가능하다?

"사랑의 힘으로."

팀원 간에는 멀리 떨어져 있어도 말이 들리므로, 사랑은 돌
아온다는 투창 기합도 들었을 터였다. 아니나 다를까 백하연
을 포함한 팀원들의 킥킥대는 웃음소리가 나직이 들렸다.

"저 녀석들에게 공포의 회전목마 맛을 보여줄 테니 너희는
구경이나 하고 있어."

—무리하지 말고, 드라마 좀 그만 봐라…….

다 포기했다는 백제호의 목소리에 짙은 피로가 느껴졌다.

하지만 서문엽은 개의치 않았다.

어차피 17년 전에도 늘 이런 포지션이었다.

서문엽은 사고 치고, 백제호는 수습하고.

세월이 흘러 나이가 들었어도 그 고통의 굴레에서 벗어나지
못하는 백제호였다.

―서문엽 2킬!!

―와! 말도 안 됩니다! 불가사의한 킬이 나왔어요!

장거리 투창 저격이 성공을 거두는 순간, 중계진도 수만 관중도 난리가 났다.

"저걸 어떻게 맞춘 거야?"

"와, 지린다."

"인간의 경지가 아냐, 저건!"

"상대가 어디 있는지 보이지도 않는데 던져서 맞췄어! 와, 미치겠다!"

"창 회오리를 그리며 날아가는 거 봤냐?"

흥분한 관중들이 고래고래 소리를 지른다.

저런 식으로 창이 날아가는 모습은 처음 본 관중들이었다.

―배틀필드의 역사에 남을 위대한 킬입니다! 선사 시대에도 창을 던져 사냥을 했습니다만, 방금 전의 킬이 인류 역사상 가장 아름다운 투창일 겁니다!

―보지 않고도 적의 위치를 계산했고, 각도가 나오지 않는 위치에서 창을 던져 목표물을 맞혔습니다. 본인도 성공을 확신 못 하는 시도였을 테지만, 멋지게 성공했습니다. 실력과

행운의 조화였죠!

　─실패했더라도 적을 긴장시켜 움직임을 둔화시키는 효과가 있었을 테죠. 그런데 성공했으니 최상입니다! 이제 희망 팀이 반쯤 승기를 잡았어요!

　방송을 통해 전 세계에 그 명장면이 퍼져 나갔다.

　그리고 독일에서도 덥수룩한 수염을 한 젊은 외모의 남자가 TV를 보고 있었다.

　그는 독일 최강 명문, 베를린 블리츠 BC의 감독 엠레 카사였다.

　배틀필드가 출범한 해부터 베를린 블리츠 BC의 감독직을 맡아 15년간 이끌며 팀을 세계 최강 팀 중 하나로 만든 명장.

　구단의 대주주 중 한 사람이기도 하여서 절대적인 권한과 카리스마를 자랑하는 엠레 카사도 서문엽이 보여준 신기의 투창에 넋을 잃었다.

　"그래, 저런 사나이였다."

　엠레 카사 감독이 혼잣말로 중얼거렸다.

　그는 자서전을 출간한 바 있었다.

　그 자서전의 절반가량은 서문엽을 논하고 있었다.

　엠레 카사 감독의 자서전인지 서문엽 위인전기인지 헷갈린다는 평.

　어쩔 수 없었다.

왜냐면 그게 약속이었기 때문이었다.

7영웅의 원거리 딜러 엠레 카사.

철궁으로 적을 백발백중 맞힌 저격수이자 터키의 국민 영웅이 바로 그였다.

최후의 던전에서 그는 먼 곳에서 서문엽의 상황 판단과 싸움 양상을 객관적으로 지켜볼 수 있었던 포지션이었다.

그때의 경험은 현재 세계에서 손꼽히는 명장이 된 원동력이기도 했다.

처음 7영웅에 참여하게 되었을 때, 그는 서문엽에 대해 알아보고는 고민을 많이 했었다.

인터넷 검색을 하니, 클럽에서 술에 취한 채 재벌 3세를 폭행하고 '이 새끼 애비' 데려오라고 난동을 부린 기사가 가장 먼저 보였던 것이다.

'미친놈인가?'

지금도 그렇지만 당시는 특히 초인의 범죄에 몹시 예민했는데, 저 짓을 하는데도 아무도 처벌하지 못했다.

도리어 무슨 영문인지 다음 날 해당 한국 대기업에서 세이브 더 칠드런에 500억 원을 기부했다는 연관 기사가 링크되어 있었다.

초인은 어지간해선 술에 취하기도 힘든데, 알코올 함량이 98%나 되는 독주를 퍼마시고 그 소란을 떨었다니?

이런 인간과 최후의 던전을 가야 하는지 의문스러웠다.

그런데도 던전에서는 사람이 180도 달라졌다.

그는 기적을 보여주는 사람이었다.

매사에 옳은 판단만 하기 때문에 말 한마디 한마디에 무게감이 실렸다.

냉정하고 오만한 독설가이기도 한 엠레 카사 감독조차도 당시 서문엽의 지시에 복종해야 했다.

'심지어 불사신이 되어 돌아오는 기적까지 보여주었으니, 그답다고 해야 하나. 놀라운데도 놀랍지가 않았다.'

엠레 카사 감독은 심경이 복잡해졌다.

만약 서문엽이 배틀필드 선수로서 뛰어든다면 어떻게 해야 할까?

반드시 영입해야 한다고 머리가 말한다.

하지만 '그건 좀……' 하고 가슴이 말했다.

자신의 지시에 반(反)하면 설령 슈퍼스타라도 내쳐 버리는 권위주의자가 엠레 카사 감독이었다.

폭군, 독재자, 권위성애자라는 별명으로 통하는 그로서는 서문엽이 자신 휘하의 선수로 들어오는 게 꺼림칙했다.

그 미친 망나니가 자신의 권위를 지켜줄 리가 없었기 때문이다.

그렇다고 저런 상상 초월의 솜씨를 가진 초인을 포기한단 말인가?

소위 톱3로 통하는 세계 정상급의 세 선수를 보유한 3팀은

하나같이 세계 최강 팀으로 손꼽혔다. 베를린 블리츠 BC도
그중 하나였다.

이 3팀은 최고 수준의 자금력을 자랑했고, 만약 서문엽이
매물로 나온다면 이들 중 한 팀이 영입할 공산이 컸다.

서문엽을 가진 팀이 기존 3강의 균형을 깨고 정상에 설지
도 몰랐다.

'제발 배틀필드를 하지 않기를 빌어야겠군.'

그는 '올, 너 많이 출세했다?'라며 옆에서 건들거리면서 권위
를 해치는 선수를 영입하고 싶지 않았다.

그런데 3강 중 한 팀인 파리 뤼미에르 BC의 대머리 형제는
서문엽 광팬답게 한국에 달려갔으니 걱정이 태산이었다.

'오지 마라. 이 바닥에 얼씬거리지 마라.'

엠레 카사 감독은 오랜만에 신께 기도했다.

*　　　*　　　*

남은 창은 두 자루.

하나는 가지고 있어야 하니 이제 투창은 한 번밖에 못 한다.

상대측도 이 사실을 알고 있을 것이다.

만약 투창을 한 번 더 하면, 상대측은 마음을 놓게 된다.

이제 창이 날아오지 않을 거라고 안심하게 되는 것이다.

그렇기 때문에 서문엽은 이제 투창으로 기습하는 것을 관

됐다.

'계속 긴장하게 놔두는 게 좋겠군.'

언제 또 창이 날아올지 모른다면 심리적 압박이 된다.

이런 압박에 취약한 녀석이 사랑 팀에 있다.

'그 졸부 아들 녀석이 무너질 때까지 천천히 요리해 보실까.'

정신력 26/60짜리 심영수.

보유한 초능력은 폭발 구체와 속박.

폭발 구체는 보아하니 오러 소모가 많아 신중하게 써야 하고, 속박은 오러로 이루어진 로프를 섬세하게 컨트롤해야 한다.

한마디로 멘탈이 나가면 둘 다 제대로 쓸 수 없는 것이다.

그렇게 힘을 빼놓은 후에…….

'지옥을 보여줘야지.'

서문엽은 독자적으로 계속 사냥을 해나가면서 사랑 팀의 뒤를 쫓았다.

서문엽의 존재감을 사랑 팀도 느낄 수 있을 정도였다.

계속 근처를 맴돌면서 사냥을 하니 사랑 팀의 입장에서는 못내 신경이 쓰였다.

"안 되겠어. 나타나면 한 방에 구워버려야지."

심영수가 이를 갈며 말하자, 대표 팀 주장이자 사랑 팀의 리더인 탱커 채우현이 반대했다.

"안 돼, 오러를 아껴!"

"계속 신경 쓰여서 사냥을 못 하잖아! 이러고 있는 동안 저쪽은 자유롭게 사냥하고 있다고. 아니면 우리도 견제 보내서 똑같이 괴롭히든지."

"인원이 부족해서 견제 보내면 전력이 더 분산돼. 그리고 지금 계속 감시받고 있어서 견제 보내봐야 사전에 다 들통나."

"그럼 이대로 지자는 거야, 뭐야!"

심영수의 짜증이 폭발했다.

채우현은 참을성 있게 설명했다.

"시간 끌어야지. 다행히 여긴 도망칠 루트가 많아서 장기전으로 갈 수 있어."

채우현은 꾸준히 사냥으로 포인트를 모으면서 후반을 바라보자는 마인드였다.

계속 방해를 받는 바람에 사냥 효율이 떨어졌지만, 어차피 중반을 무사히 넘기고 후반까지 가면 포인트 격차는 크게 차이가 나지 않는다는 생각이었다.

'딜러들에게 포인트를 잘 몰아주면 수적으로 불리해도 한 타 싸움에서 이길 수 있다. 저쪽은 몇 사람 빼고는 국가 대표도 없어.'

하지만 그 몇 사람이 문제이긴 하다는 생각이 채우현의 뇌리에 스쳤다.

백하연은 물론이고 백제호도 1세트 한 타 싸움에서 날아다녔던 게 마음에 걸렸다.

'서문엽까지 제 실력을 발휘했다간……'

1세트에서는 쉬엄쉬엄하는 기색이 보였던 서문엽이었다.

그가 있는 한 승리가 보이지 않았다.

그런데 그때였다.

"저 자식! 딱 걸렸어!"

심영수가 버럭 소리쳤다.

위층의 계단에서 서문엽이 슬쩍 모습을 드러낸 것이다.

심영수는 재빨리 폭발 구체를 만들었다.

화르르르!

이글거리는 불덩어리를 즉시 서문엽에게 집어 던졌다.

"뒈져!"

서문엽은 피하지 않고 방패를 들었다.

한쪽 무릎을 꿇고 자세를 한껏 낮춘 채 방패를 내밀었다. 방패에 오러가 맺혔다.

콰르릉!!

굉음과 함께 폭발이 일어났다.

화염이 방패에 부딪쳐 사방으로 분사되었다.

서문엽이 있던 자리는 화염으로 가득 차버렸다.

"심영수!"

채우현이 화를 냈다. 폭발 구체처럼 오러 소모가 큰 초능력은 리더의 오더가 있을 때 펼쳐야 옳다.

"하하! 봤지?"

그러거나 말거나, 심영수는 자신만만하게 웃으며 좋아했다.

경기 시작 전에 졸부 어쩌고 할 때부터 마음에 안 들던 작자였다.

드디어 본때를 보여줘서 속이 다 후련했다.

그런데…….

화염과 연기가 걷히자 그 자리에 서문엽이 다시 모습을 드러냈다.

"어?"

심영수는 당황했다.

채우현도, 다른 사랑 팀 선수들도 깜짝 놀랐다.

방패로 막는 자세를 유지하고 있는 서문엽은 조금의 상처도 보이지 않았다.

씨익.

서문엽은 불꽃을 선물해 준 심영수에게 웃어 보이고는 일어나서 유유히 돌아가 버렸다.

"그, 그걸 정통으로 맞았는데 막았다고?"

심영수는 어안이 벙벙했다.

엄청난 범위 대미지를 일으키는 자신 있는 초능력이었다.

초능력의 위력과 오러양만큼은 빅 리그에서도 통한다고 자부해 왔다. 그렇기 때문에 대표 팀에서도 핵심 딜러이고 말이다.

저렇게 멀쩡히 막아낼 수 있는 게 아니었다.

'이건 안 되겠다.'

채우현은 두려움을 느꼈다.

저런 인간이 포인트를 모아서 더 강해지면 감당 못 하겠다는 예감이 들었다. ·

채우현이 나직이 말했다.

"잘 들어. 서문엽을 그냥 놔두면 안 될 것 같아. 한 번에 잡아버리자."

작게 말해도 던전이므로 동료들에게 전달되었다.

"지금부터 3명은 서쪽 길로 빠질 거야. 상대측에 견제를 가는 것처럼 보이게 가지만, 빙 돌아서 서문엽의 뒤를 차단해."

—동선이 너무 길어지는 것 아닌가?

사냥 중이던 동료 하나가 물었다.

하나 잡겠다고 전원이 사냥 못 하고 길게 움직이는 것도 손해 아니냐는 이의 제기였다.

채우현은 고개를 끄덕이며 말했다.

"그래도 잡아야 할 것 같아. 탱커라서 더더욱."

그 말에 다른 동료들도 고개를 끄덕이며 공감했다.

실전을 치러보면 느끼게 된다.

똑같이 잘하는 선수가 있다면, 가장 무서운 건 탱커라고.

일대일이면 모를까, 팀플레이에서는 앞에서 버텨주는 탱커의 존재가 가장 강력한 것이었다.

디펜스란 한 번 뚫리면 걷잡을 수 없이 무너지지만, 반대로

한 번 막히면 계속 막히는 막막함 또한 그들은 수많은 한 타 싸움에서 느껴보았다.

1세트에서도 서문엽은 한 번도 위태로운 모습 없이 최전방에서 버텼던 걸 기억했다.

일반 관중이라면 모를까, 싸우는 입장에서는 그게 제일 부담됐다.

"서문엽만 없으면 디펜스 라인을 무너뜨릴 기회가 많이 찾아올 거야. 자, 출발해."

채우현의 지시에 근접 딜러 2인과 원거리 딜러 1인이 함께 움직였다.

방향은 희망 팀이 위치한 서쪽 방면.

희망 팀의 사냥을 견제하러 떠난다고 서문엽이 착각하게 만들려는 속셈이었다.

         *   *   *

—서문엽 선수, 가드가 굉장히 좋습니다.

—위력 면에서 정평이 난 심영수 선수의 폭발 구체를 막고도 한 치 흐트러짐이 없었습니다. 차라리 피할지언정, 저렇게 깔끔하게 막을 수 있는 선수가 전 세계를 통틀어도 몇 없거든요?

—예, 따지자면 제럴드 워커 정도나 될까요?

—서문엽 선수에게 그 정도의 근력은 없지만, 대신 오러양
에서 세계 신기록을 수립했죠. 7영웅 슈란 씨의 소멸 광선도
막은 적 있다고 하니 폭발 구체 정도는 너끈하다는 걸 보여
준 것 같습니다.

—이번엔 적극적인 공격 의도는 없었는데, 아무래도 계속
사랑 팀을 정신적으로 흔들려는 것 같았습니다. 아! 사랑 팀
도 움직입니다!

사랑 팀에서 3인이 따로 움직이는 것이 대형화면에 포착되
었다.

사실 던전 내부 상황을 포착해서 대형화면에 송출시키는
일은 '옵서버'라 불리는 이들이 한다.

그들은 미니 맵으로, 점으로 표시된 선수들의 움직임을 일
일이 체크하면서 중요한 곳에 초점을 맞추는 일을 한다.

던전 내부의 모든 상황은 통째로 녹화되어 저장되긴 하지
만, 자칫 잘못하면 중요 장면을 실시간으로 보여주지 못해 욕
을 먹는 일도 비일비재했다.

하지만 이번 옵서버들은 국가 대표 경기도 관리하는 실력
자들이었고, 사랑 팀의 움직임을 포착해 냈다.

—이동 방향을 보면 희망 팀에게 견제를 떠나는 걸로 보이
는데요.

—우리만 방해받고 있을 수는 없다는 뜻으로 해석할 수 있지만, 지금 상황은 오히려 서문엽 선수를 노리는 걸 수도 있어요.

　—아! 퇴로를 차단하고서 몰이사냥으로 서문엽 선수를 제거할 수도 있겠군요.

　—예, 변수가 있다면 서문엽 선수가 그리 쉽게 잡히느냐입니다. 지금까지의 움직임으로 봤을 땐, 서문엽 선수가 의외로 망자의 미궁 지리를 잘 알고 있거든요.

　—그렇습니다. 망자의 미궁의 실제 모델을 공략한 장본인이 서문엽 선수이니까요.

　—사랑 팀 선수들이 잘 알지 못하는 루트로 달아나 버리면 그야말로 시간 낭비, 동선 낭비만 실컷 한 꼴이 됩니다.

　—그래도 사랑 팀의 오더 채우현 선수가 상당히 신중하고 치밀한 성품입니다. 얼마 전 미국전 때도 끊임없이 치고 빠지는 전략적인 플레이를 잘 이끌었거든요. 이거 기대됩니다. 서문엽 선수가 잘 빠져나가느냐, 당하느냐!

　—서문엽 선수도 눈치챘습니다.

　대형화면에 서문엽이 비쳐졌다.

　서쪽 루트로 이동하는 사랑 팀 3인을 내려다보고 있는 모습이었다.

　이미 상대의 움직임을 손바닥 안에 놓고 보듯이 소상하게

파악하고 있던 것이다.

씨익 웃은 서문엽이 그들을 쫓아 은밀히 미행하기 시작한다.

—서문엽 선수, 표정이 좋습니다.
—기다렸다는 듯한 태도죠. 잘하면 이번 2세트의 결정적인 장면이 나올지도 모릅니다.

계속 미행하던 서문엽이 어느 순간, 위에서 3인조를 덮쳤다.

—과감합니다! 바로 덤벼드는데요!
—3 대 1의 싸움! 자신 있다는 건가요?!

중계진의 목소리도 절로 흥분했다.

일반적으로 3 대 1 같은 수적 불리함을 감수하고 덤비는 장면은 많이 찾아볼 수 없었기 때문이다.

그건 나단 베르나흐 같은 톱3 월드 클래스들만 하는 플레이였다.

깜짝 놀란 3인조.

하지만 전원 딜러로 구성되어 있었기 때문에 반응이 빨랐다.

타깃이 된 근접 딜러는 서문엽이 창으로 찔러오자, 즉각 좌

측으로 몸을 날렸다.

불의의 기습을 받았다고 생각되지 않은 멋진 회피.

그러나 서문엽의 창은 완전히 찌르는 도중에 뚝 멈췄다.

그리고 좌측으로 방향을 돌려서 찔렀다.

콰직!

"크악!"

왼쪽 어깨에 깊숙이 박힌 근접 딜러가 신음을 토했다.

서문엽의 첫 찌르기가 페이크였던 것이다.

어디로 피하는지 방향을 보고 바로 찌르는 순발력!

민첩성 97의 서문엽 앞에서는 날쌘 딜러들도 명함을 내밀지 못했다.

'전원이 딜러군.'

스켈레톤과 비슷한 원리로 좋은 먹잇감이었다.

차라리 힘밖에 없는 탱커들은 단단하고 끈질긴 면이라도 있지, 테크니션인 딜러들은 더 고차원의 테크닉으로 손쉽게 요리할 수 있으니까.

어깨가 찔려 주춤한 틈을 놓치지 않고 재차 창을 찔렀다.

국가 대표 선수답게 창을 검으로 쳐내며 대응.

그러나…….

뻐어억!

─서문엽, 3킬.

원형 방패로 머리를 후려쳐 아바타를 소멸시킨 서문엽이었다. 공격의 연계 속도가 폭풍 같았다.

뒤이어 서문엽은 들고 있던 창을 보지도 않고 뒤로 던졌다.

콰직!

보지도 않고, 준비 동작도 없이 대뜸 날아든 창.

뒤에서 덤비던 근접 딜러가 허무하게 소멸되었다.

─서문엽, 4킬.

안내 방송이 섬뜩한 사실을 알려준다.

홀로 남은 원거리 딜러는 이를 악물고 활을 쐈지만.

텅!

허망하게 방패에 가로막힌다.

떨어져 있는 창을 발로 차 띄워서 낚아챈 서문엽은 히죽 웃었다.

네가 뭘 어쩔 거냐는 표정이었다.

잠깐의 대치 상태.

"……."

"……."

서로 눈빛을 마주한 채 눈치를 보다가, 원거리 딜러가 휙 계단 아래로 뛰어내렸다.

일단 피하고 보자는 판단.

콰직!

동시에 원거리 딜러의 아바타가 소멸되었다.

뛰어내리려는 순간 이미 서문엽은 창을 던지고 있었던 것이다.

―서문엽, 5킬.

"어디서 눈치 게임이야, 민첩성도 낮은 게."

민첩성 79/81의 준수한 원거리 딜러였지만, 97/97의 서문엽을 상대로 순발력 테스트를 한 꼴이었다.

삽시간에 3킬로 포인트를 누적한 그의 몸은 흉흉한 붉은색 광채로 휩싸여 있었다.

경기장은 너무 허망하게 일어난 3킬 학살에 정적에 휩싸였다.

                    *   *   *

―수, 순식간에 끝나 버렸습니다. 이게 지금…….

중계진도 말을 잇지 못했다.

─국가 대표 딜러 세 사람이 죽는 게 1분도 안 걸렸습니다. 와, 정말 뭐라고 표현해야 할지 모르겠습니다. 너무 강합니다, 서문엽 선수.

탱커는 강하다.

하지만 팀이 함께 있을 때의 얘기다.

단독으로 있을 때는 딜러의 먹잇감이 되기 쉬웠다.

방패를 들고 있으니 디펜스가 안정적이어서 유리하지 않을까 하고 생각할지 모르지만, 이건 일반인이 아닌 초인들의 싸움이었다.

본질적으로 스피드에서 차이가 크게 난다.

특히나 선수 풀이 부족한 한국 같은 약체에선 격차가 더 심하다.

하지만 방금은 어떠한가?

서문엽은 국가 대표 딜러들보다 훨씬 빠르게 움직이며 단숨에 학살해 버렸다.

그것은 탱커라도 스피드가 뒤지지 않고, 딜러라도 근력이 낮지 않은 월드 클래스의 레벨이었다.

"와……."

"지금 꿈을 꾸나?"

"우리나라 초인 맞아?"

"한순간에 싸움이 끝나 버렸어."

관중들도 웅성거리며 당혹감을 표했다.

너무 삽시간에 끝나는 바람에 크게 환호성을 지르며 열광할 타이밍을 놓치고 말았기 때문이었다.

서문엽이 봤으면 바로 이거라며 좋아했을 정적이었다.

―공간이 협소하기 때문에 사랑 팀 딜러진이 넓게 산개할 여유가 없었고, 그 점을 노려서 서문엽 선수가 과감하게 플레이를 했죠.

―예! 군더더기가 조금도 없는 완벽한 동작으로 싸움을 끝내 버렸습니다. 예, 리플레이가 나오네요.

서문엽이 위에서 뛰어내리며 덮치는 장면부터 싸움이 펼쳐졌다.

―보시면 공격에서 다음 공격으로 이어지는 연계가 막힘없이 흐릅니다.

마지막 압권은 계단 아래로 뛰어내려서 도망치려는 원거리 딜러를 창을 던져 잡아버린 것.

원거리 딜러가 뛰어들려는 순간 이미 창을 던지고 있는 서문엽의 놀라운 반응 속도가 느린 화면으로 모두에게 공개되었다.

—민첩성 테스트에서 나단 베르나흐 선수와 타이기록을 세웠다고 하죠? 그 진가가 여실히 드러나는 명장면입니다.

—서문엽, 서문엽 하지만 요즘 배틀필드 선수들과 비교하면 어느 정도일까 많이들 궁금했잖습니까? 오늘 똑똑히 확인하네요. 17년간 은퇴했던 백제호 대표 팀 감독도 MVP에 선정될 정도로 대단했고, 서문엽 선수는 그냥 압도적입니다. 명성 그대로 초인 중의 초인입니다.

—서문엽 선수, 계속 움직입니다. 사랑 팀 선수들이 있는 쪽으로 달려갑니다. 이제 은밀히 접근하지도 않네요.

*　　　　*　　　　*

'이제 6명밖에 안 남았네?'

원거리 딜러를 잡느라 던졌던 창을 아래층에서 회수한 서문엽은 사랑 팀이 있는 구역으로 달렸다.

'그럼 내가 너희랑 안 싸울 이유가 없잖아?'

전력 질주.

거침없이 사랑 팀이 있는 곳으로 달려갔다.

마치 먹잇감을 놓치지 않겠다는 듯이.

—야, 대체 이게 무슨 일이야!

백제호의 목소리가 머릿속에 울려 퍼졌다.

"무슨 일이긴, 나 이제 빨개졌어."

온몸에 휩싸인 붉은 광채.

푸른빛—보랏빛—붉은빛—검은빛—흰빛의 5단계에서 벌써 3단계에 접어들었다는 뜻이었다.

—그럼 우리도 크게 퇴로를 차단하면서 합류할게.

"맘대로 해. 어차피 그전에 끝나."

—뭐?

"이제 말 걸지 마. 싸운다."

사랑 팀 6인이 보이자 서문엽이 대화를 마쳤다.

3데스의 충격에 혼란에 빠져 있었던 사랑 팀은 서문엽이 대놓고 나타나자 화들짝 놀랐다.

그나마 채우현이 리더답게 대응했다.

"산개!"

5인이 좌우로 산개했다.

심영수만이 탱커인 채우현의 뒤에 서서 보호받는 포지선이었다.

일반인과 달리 초인의 세계에서는 전투 시 산개가 기본 원칙이다. 초능력 중 범위 타격이 워낙 많아서 뭉치고 있으면 모두 당하기 때문.

그러나 이번에는 서문엽 한 사람을 다방면에서 에워싸기 위한 움직임이었다.

그런데 그때, 레이피어와 패링 대거를 들고 있던 딜러가 갑

자기 빠르게 서문엽의 후방으로 달리기 시작했다.

갑작스럽게 빨라진 달리기 속도.

그러나 서문엽은 당황하지 않았다.

분석안으로 이미 파악하고 있었다.

　―대상: 유벽호(인간)

　―근력 68/72

　―민첩성 79/79

　―속도 80/80

　―지구력 65/75

　―정신력 67/80

　―기술 70/85

　―오러 70/71

　―초능력: 순간 가속

　―순간 가속(초능력): 오러를 지속적으로 소모하여 30초간 몸을 30% 빨리 움직인다.

좋은 초능력이었다.

30% 상승이라면 일시적이지만 민첩성 102.7 속도 104의 움직임을 발휘할 수 있다는 뜻이었다.

30초라면 한 타 싸움을 치를 때 충분히 활약할 수 있는 시

간이다.

하지만.

'그렇게 좋은 초능력인데 왜 강국과의 A매치에서 그렇게 죽을 쑤는지 생각 안 해봤니?'

일시적으로 103·104라는 미친 스피드를 낼 수 있는데 왜?

서문엽이 단숨에 창을 뻗었다.

움직임을 미리 예측하여 찌른 일격이었다.

유벽호가 급격히 정지했다.

순간.

뻐억!

뒤이어 방패에 얻어맞고서 아바타가 허무하게 소멸되었다.

서문엽 특유의 빠른 연계 공격!

'몸이 빨라진 거지 머리가 빨라진 건 아니잖아.'

보고 판단하고 몸에 명령을 내리는 두뇌의 기능은 그대로였다.

당연히 생각 없이 본능에 몸을 맡길 뿐이라는 순간 가속의 약점을 서문엽은 단번에 파악했다.

진짜 민첩성 100을 가진 백제호 같은 초인은 아주 짧은 순간에 많은 것을 보고 판단한다.

서문엽에게 던져져 공중에 떠오른 순간, 지상을 내려다보며 공격할 빈틈을 찾아내는 순간 판단은 백제호의 전성기 주특기였다.

그 차이가 하드웨어의 가속에도 불구하고 이류는 이류일 뿐이라는 결론에 도달하게 만드는 것이다.

'근데 쓰기에 따라 쓸모는 있어. 맞춤 전술 패턴 몇 가지를 만들어주면 괜찮겠군. 넌 합격.'

속으로 대표 선출까지 하고 있는 서문엽이었다.

─서문엽, 6킬.

던전에 울려 퍼지는 안내 방송이 사랑 팀을 절망으로 몰아넣었다.

팀의 과반수가 한 사람에게 킬당한 것이었다.

숨 막히는 싸움이 펼쳐졌다.

서문엽은 멈출 생각이 없었다.

단번에 유벽호를 처치한 서문엽은 둘러싸이지 않게 바깥을 돌며 계속 싸웠다.

채우현은 방패를 들어 입을 가린 채 나직이 지시했다.

"영수 폭발 쏘고, 시야 가려졌을 때 진현이가 들어간다."

아주 작아 육성으로는 안 들리지만 던전 내부 시스템으로 팀원들 간에는 들을 수 있었다.

심영수가 폭발 구체를 만들어 서문엽에게 쏘았다.

서문엽은 납작 웅크리고 가드를 했다.

콰르릉!!

폭발과 함께 굉음이 울려 퍼졌다.

매캐한 연기가 시야를 가득 채웠을 때, 탱커 박진현이 카이트 실드와 토마호크를 들고 연기 속으로 달려들었다.

연기 속에서…….

쉬익─ 콱!

─서문엽, 7킬.

허무한 7킬 안내 방송이 울려 퍼졌다.

연기가 걷히자 던졌던 창을 주워 들고 있는 서문엽이 보였다.

"달려들 준비를 하고 있는 애를 어떻게 눈치 못 채겠니?"

"진현이가 그런 실수를 할 리 없는데……."

채우현이 안타까운 목소리로 옹호했다.

"눈빛으로 했잖아."

"……!"

서문엽은 대참패에 좌절하고 있는 채우현을 바라보았다.

─대상: 채우현(인간)

─근력 88/88

─민첩성 75/80

─속도 70/70

—지구력 69/80

—정신력 79/90

—기술 70/85

—오러 80/83

—초능력: 둔화

—둔화(초능력): 반경 10m 내의 타깃 10명의 움직임을 30% 둔화시킨다. 본인도 움직일 수 없으며, 본인보다 오러양이 적은 타깃에게만 적용된다.

'오.'

그럭저럭이라고 말할 수 있는 인재였다.

역시 국가 대표 팀의 주장인가.

아직 다 개발되지 않았지만 80이 넘는 재능이 상당했다.

그런데 초능력은 조금 안타까웠다.

'초능력은 완전히 양학용이네.'

오러양이 80을 넘는 선수는 빅 리그에 갈수록 많을 터였다.

재능의 한계인 83까지 모두 끌어낸다면 좀 더 낫겠지만 말이다.

거기에 본인은 움직일 수가 없다니. 후방에서 뛰는 서포터라면 모를까, 최전방에서 탱커가 움직이지 않으면 안 된다.

물론 거리 조절을 잘하며 지능적인 플레이를 한다면야 가

능성이 없는 건 아니었다.

초능력은 결정적인 순간에 썼다 안 썼다 반복하며 플레이해도 좋을 것이다.

다만 그런 넓은 시야가 있느냐가 관건인데, 현재 수준으로는 무리였다.

어찌 되었건 서문엽에게는 전혀 안 통하는 초능력이었다.

'열심히 하는 모습이 안타깝지만, 잘 가라.'

4 대 1.

서문엽은 거침없이 짓쳐들었다.

＊　　　＊　　　＊

―서문엽, 8킬.

―서문엽, 9킬.

급기야.

―서문엽, 10킬, 11킬.

마무리로 채우현의 다리를 걸어차 균형을 무너뜨린 뒤, 뒤에 있는 심영수를 방패로 때려죽였다. 동시에 창은 채우현에게 던져 마무리했다.

한국을 대표하는 탱커인 채우현도 몇 합을 견디지 못하고 쓰러지자 관중들은 질려 버렸다.

―2세트가 이렇게 끝나 버렸습니다.

―서문엽 선수, 무려 올킬을 달성합니다! 공식 비공식 포함 한국 최초의 올킬입니다! 자선 경기가 아니라 공식전이었다면 더 좋았을 텐데요.

―상대가 전원 국가 대표 선수였다는 점이 충격적입니다. 물론 에이스인 백하연 선수가 빠졌다지만 어떻게 저런 실력 차이가 난 걸까요?

서문엽이 역대 최고의 초인이었다는 데 이견을 제기하는 사람은 없었다.

하지만 7영웅과 현대 배틀필드 선수를 비교한다면 의구심을 가지는 경우는 상당히 있었다.

왜냐하면 배틀필드는 과학적인 트레이닝을 통해, 같은 사람을 상대하도록 기술을 닦는 스포츠였기 때문이다.

지저인과 괴물을 상대로 특화된 예전의 초인들이 배틀필드 선수들과 대인전을 치른다는 건 애초부터 불공평한 전제라고 생각한 것.

인류의 생존을 위해 싸웠던 초인들의 가치를 그런 식으로 평가하면 안 된다는 일종의 옹호론이었다.

그런데 오늘, 모든 게 뒤집혔다.

서문엽은 혼자서 한국 국가 대표 팀 11명을 올킬했다.

견제 플레이로도 2킬을 거두는 탁월함을 보여줬고, 다수와 싸워도 3 대 1이든 6 대 1이든 거침없었다.

치열한 혈전도 없었다.

테크닉에서부터 레벨이 너무 달라 싸움이 성립되지 않았다.

"그래도 국가 대표인데……."

"서문엽이 저 정도였어?"

"괴물도 잘 잡더니 사람도 잘 잡네."

문화 충격을 받은 관중들이 웅성거렸다.

서문엽의 맹활약을 누구보다도 기대했지만, 그들의 기대는 이런 살육이 아니었다.

4, 5킬 정도로 MVP를 받는 정상적인 활약을 원했던 것이다.

아무리 그래도 혼자 다 죽여 버리다니?

―A매치에서 연패의 수렁에 빠졌던 대표 팀이 오늘 자선 경기에서 또 참패를 당하네요.

―프랑스 대표 팀과 A매치를 해도 이 정도는 아니었는데, 정말 아무도 예상 못 했던 서문엽 선수의 압도적인 실력이었습니다. 첫 실전이라 적응하는 데는 시간이 걸릴 거라는 전문

가들의 예상을 깨부숴 버렸습니다.

　접속 모듈에서 선수들이 나왔다.
　사랑 팀은 거의 초상집 풍경이었고, 희망 팀도 어안이 벙벙한 상태.
　서문엽만이 태연하게 기지개를 켜고 있었다.
　"존나 약하네. 안 됐다, 제호야. 쟤들 데리고 뭘 한다고."
　"…몰라, 인마."
　백제호도 침울했다.
　또 참패를 당해 사기가 바닥난 대표 팀 선수들을 어떻게 다독여야 할지 암담했기 때문이다.

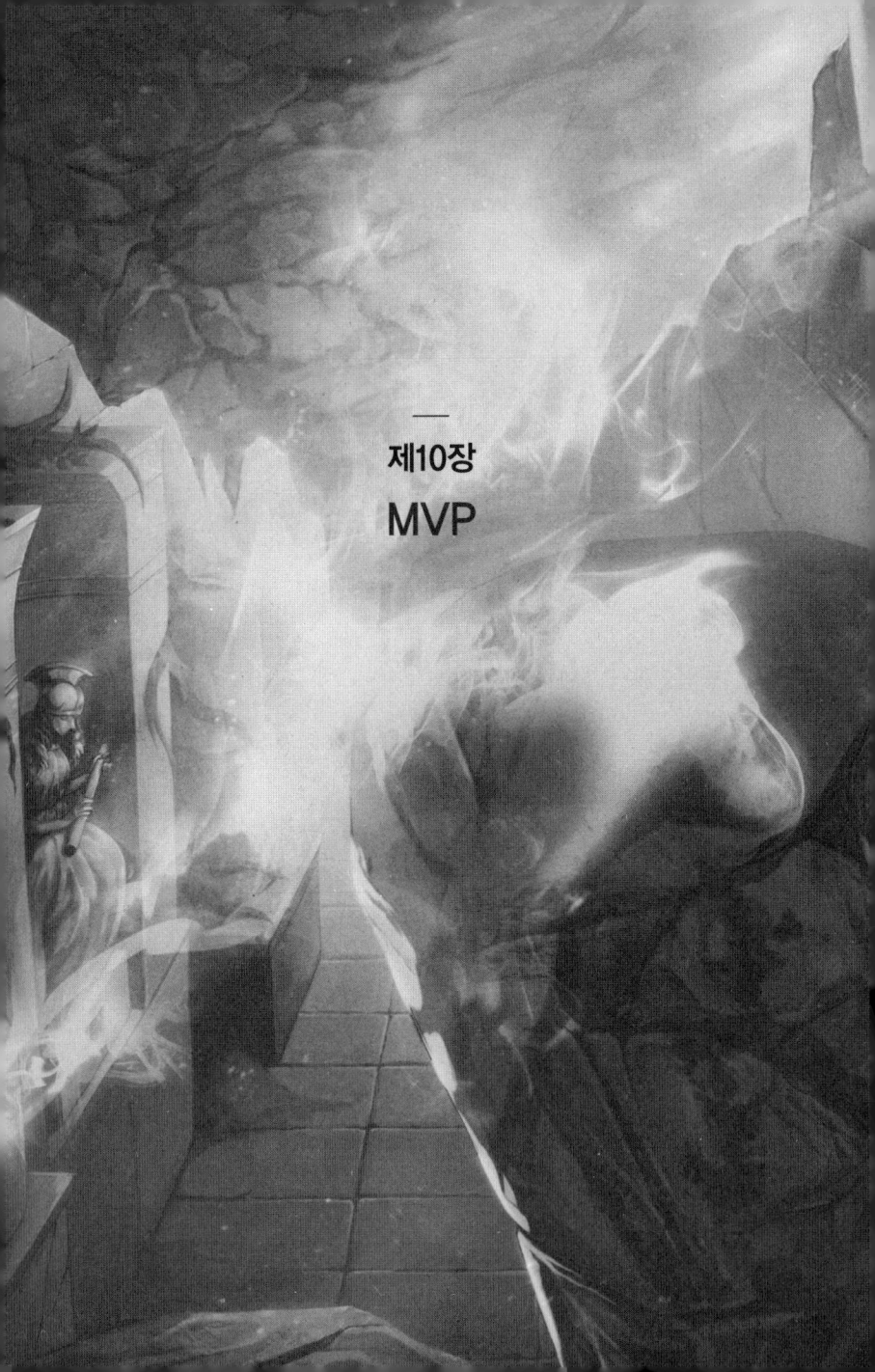

제10장

MVP

당연하지만 자선 경기는 성황리에 끝났다.

당연했다.

서문엽이 출전했을 때, 이미 성공은 보장된 경기였다.

전 세계에 방영이 되었고, 어마어마한 수익금이 기부금으로 전달되었다.

세계인이 모두 궁금했던 것이다.

대체 서문엽의 실제 실력은 어느 정도인가?

배틀필드에서 통할까?

서문엽은 7영웅을 대표하는 존재였고, 현역 배틀필드 플레이어와 7영웅의 실력 비교를 할 수 있는 척도였다.

그 결과는 1, 2세트를 통해 잘 나왔다.

―2세트 MVP, 정해져 있죠. 서문엽 선수입니다!

―백제호 감독에 이어 서문엽 선수까지 나란히 MVP를 받았습니다. 정말 대단합니다! 7영웅의 명성이 거품이 아니라는 것을 똑똑히 보여줬습니다.

―백제호 감독도 무려 17년 만에 무기를 잡았는데 그 나이에 믿을 수 없는 활약을 펼쳤습니다. 그냥 감독하다가 자기가 대표 팀 경기 출전해도 되겠어요.

―하하, 그렇습니다. 서문엽 선수와의 연계 플레이로 척척 맞는 호흡을 보여주었기 때문에 많은 분들이 옛날을 떠올리며 감동을 받으셨을 것 같습니다.

대형화면에는 희망 팀의 선수 대기실이 비쳐지고 있었다.

서문엽이 낄낄거리며 백제호의 옆구리를 툭툭 치고 있고, 백제호는 뭔가 골치 아프다는 표정이었다.

그 와중에 백하연이 다가와 서문엽에게 어깨에 팔을 걸치며 뭐라고 얘기한다. 입 모양을 보니 왜 이렇게 잘하냐고 감탄하는 기색이었다.

가장 핫한 3인이 나오자 관중들의 환성이 커졌다.

"봤어, 형?"

"눈이 있는데 안 봤을 리가 있어?"

코미디언으로 오해 사기 쉬운 대머리 쌍둥이, 모로 형제가
대화를 나눴다.

"너무나 뛰어난 테크닉이야. 저 진가를 알아본 사람이 몇이
나 될까?"

동생 필립 모로는 감격하여 부르르 몸을 떨고 있었다.

형 장 모로는 고개를 끄덕였다.

"동선을 최소화한 간결한 움직임에 척척 죽어나가서 일반인
이 보기에는 한국 국가 대표 선수들이 너무 나약했다고 보이
기 십상이지."

"다행이야. 우리가 저 진가를 알아볼 정도의 안목이 있어
서. 모든 공격에 상대의 움직임을 예측하고 허를 찌르는 원리
가 담겨 있었어. 눈앞의 상대와 싸우면서도 주위의 다른 적까
지 모두 시야에 두고 있었던 거야."

"정말 끝내주는군. 1세트에서는 동료들을 활용하는 팀워크
를 보여줬고, 2세트는 대인전 능력을 보여줬어. 의도한 바는
아니었겠지만, 이건 지상 최대의 쇼케이스였어."

"던전의 구조와 활용에 대한 이해도도 보여줬지. 맙소사, 그
는 지금도 현역 톱3와 올해의 선수상 경쟁을 펼칠 수 있어."

선수 관리와 인사 담당인 필립 모로는 흥분하여 상상의 나
래를 펼쳤다.

"창을 4자루밖에 소지하지 않은 게 아쉬웠어. 좀 더 최신
테크놀로지로 평소에는 축소된 형태로 소지할 수 있게 한다

면 10자루까지도 들고 다닐 수 있지 않을까?"

그들은 파리 뤼미에르 BC를 창단하기 전에는 던전 산업체의 오너였다.

초인에게 무기를 공급하는 일이 주된 사업이었고, 지금도 배틀필드 장비 제작소를 소유하고 있었다. 당연히 무기 제작에 대한 전문 지식을 많이 알았다.

"함부로 무기를 바꾸면 무게 균형이 변해서 그 예술적인 던지기의 정확도가 떨어질 수 있어. 하지만 적응만 한다면 견제 플레이 능력이 2배 이상 상승하지 않을까?"

"내 말이! 배틀 슈트도 커스텀으로 맞추면 본인의 동작에 최적화될 수 있어. 그렇게 철저하게 준비가 끝나면 그는 지상 최고의 선수가 될 거야!"

"우리 파리 뤼미에르를 빛내줄 최고의 선수 말이지."

꿈꾸는 모로 형제에게 옆에서 듣고 있던 슈란이 끼어들었다.

"본인은 별로 관심도 없어 보이는데 망상에 빠져 있네요."

유창한 프랑스어로 일침 하는 슈란에게 모로 형제는 껄껄 웃으며 대꾸했다.

"모르시는 말씀. 저런 실력을 선보였는데 배틀필드를 안 한다니, 그럴 리가 없죠."

"그는 스타의 운명을 타고난 사나이입니다. 결국 자기가 가장 빛날 수 있는 곳으로 올 겁니다."

슈란은 광적인 팬심으로 논리를 초월해 버린 모로 형제를 보며 혀를 찼다.

하지만 그녀는 이내 대형화면에 비쳐지는 서문엽에게 시선을 다시 돌렸다.

그는 옛날과 똑같은 외모와 표정으로 백제호와 잡담을 나누며 낄낄거리고 있었다.

보나 마나 짓궂은 얘기로 백제호를 놀리고 있을 것이다.

그 옛날 어렸던 자신을 혹독하게 몰아붙이던, 미운 모습 그대로였다.

이쪽은 17년의 세월을 보내며 변했는데, 저 남자는 그때 그 시점에서 막 돌아온 상태였다.

최후의 던전은 슈란의 인생을 바꾸어놓은 장소였다.

그곳에서 서문엽은 막힘없이 공략을 이끌었다.

어린 그녀에게는 너무 버거운 곳이었는데, 그는 언제나 해답이 있었고 마지막에는 자신이 희생하면서 역할을 완수했다.

두려움이 하나도 없었고, 홀로 괴물 떼를 향해 뛰어들 때조차 망설임이 없었다.

어째서 그렇게까지 냉정할 수 있었는지, 슈란에게는 충격적인 경험이었다.

'살아 있었단 말이지.'

슈란의 입가에 미소가 번졌다.

                    *   *   *

"삼촌 왜 이렇게 세?"

"삼촌 무지 세다고 누누이 얘기했잖니. 근데 그렇다 쳐도 너희는 좀 심하게 약하다?"

"이씨, 그래도 이 정도는 아니란 말이야."

대표 팀을 비하하는 얘기를 일삼으니 백하연이 짜증을 부렸다.

한 타 싸움에서 올킬을 당한 것도 아니고, 아예 시종일관 서문엽 한 사람에게 죽어나간 대표 팀 동료들의 모습이 안타까운 것은 어쩔 수 없었다.

생각할수록 화가 나서 백하연은 씩씩댔다.

"삼촌은 그렇게 세면서 굳이 그렇게 비참하게 짓밟았어야 했어?"

"삼촌이 굳이 악취미로 그랬겠니?"

실은 그럴 의도가 맞았다.

"그럼?"

"가장 쉽고 빨리 이기는 길을 택한 거지. 그리고 너희는 애당초 선발 기준부터 잘못됐어. 다 어중간한 것들만 뽑아가지고는."

말을 마친 서문엽은 스마트폰을 꺼내더니 드라마를 보기

시작했다.

요즘 그는 '거침없이 로우 킥'에 푹 빠져 있었다.

그러나 잠시 후, 백제호가 서문엽의 손을 잡아끌었다.

"가자."

"어딜?"

"MVP 인터뷰해야지."

"그것만 하고 집에 가는 거지?"

"축하 파티도 있다."

"뭔 또 파티야?"

서문엽이 눈살을 찌푸렸다.

"자선 행사잖아. 배틀필드 관계자들이랑 VIP들 모아놓은 파티가 있어."

"경기를 막 마치고 피곤한 선수에게 배려도 없냐?"

"아바타로 뛰어서 피로 같은 건 있지도 않은데 무슨 헛소리야?"

"쳇, VIP 같은 소리 하네. 얼마나 중요한 새끼들이 온다고. 확 엎어버릴까 보다."

"기부에 참여한 사람들이 모이는 거니까 심보 못되게 쓰지 마라. 그리고 너 독한 술 퍼마시면 가만 안 둔다? 예전에도 네가 클럽에서 난동 부리는 바람에 내가 얼마나 진땀 뺐는지 알아?"

"흐흐, 그땐 나도 많이 어렸지."

"옛날 일인 척하지 마라. 너한텐 불과 수개월 전이잖아."

뭐 하는 놈들인지는 기억 안 났다.

클럽에서 술에 취해 같이 놀던 여자를 폭행하던 재벌 3세가 눈에 띄어 똑같이 취한 자신이 응징해 주었다.

주폭(酒暴)이 얼마나 나쁜 짓인지 몸소 보여주었던 것.

물론 서문엽은 그 이상 기억이 나지 않았다.

나중에 제호에게 들어보니, 서문엽이 인질극을 벌이는 바람에 그 집안에서 회장까지 급히 달려와 고개를 조아렸다나?

돈이 많으면 기부를 하라고 인질극을 벌였고, 결국 세이브 더 칠드런에 500억 원을 전달하는 약속으로 아들을 풀어줬단다.

취한 와중에도 세이브 더 칠드런을 언급하다니, 역시 자신은 일관된 성격의 소유자라고 서문엽은 만족스러워했다.

불과 수개월 전의 일이었지만, 옛 추억에 기분이 좋아진 서문엽은 고개를 끄덕였다.

"뭐, 좋아. 오랜만에 신나게 마셔보자."

"내 말 뭐로 들었냐? 적당히 마시랬다."

"내가 뭐 옛날처럼 98도짜리 독주를 퍼마시겠어? 적당히 보드카나 마실게."

"옛날 일인 것처럼 말하지 말라고. 그때 마신 것도 보드카였어."

"우리 조카 하연이! 너도 이제 술 마실 나이가 됐네?"

"응! 나 엄청 잘 마셔."

백하연이 신나서 소리쳤다.

활짝 핀 안색을 보니 애도 주당(酒黨)이구나 하고 생각한 서문엽이었다.

백제호만 부글부글 끓는다는 표정이었다.

MVP 인터뷰에 파티까지.

서문엽이 사고 치기 좋은 일정뿐이니 함께 움직이는 백제호가 벌써부터 스트레스를 받고 있었다.

서문엽은 백제호와 함께 경기장 중앙에 설치된 인터뷰 부스로 걸어 나갔다.

서문엽이 나타나자 관중들이 함성을 지르며 맞이했다.

"와아아아아아아!!!"

"서문엽! 서문엽! 서문엽!"

쩌렁쩌렁한 환호성.

기분이 좋아진 서문엽은 손을 흔들어 보였다.

그러자 함성이 더 커졌다.

그때 문득 윙윙거리며 날아오는 작은 로봇이 눈에 띄었다.

카메라 앵글이 달려 있어서 대충 뭔지는 짐작했지만 서문엽은 신기해서 백제호에게 물었다.

"저게 뭐야?"

"드론 카메라."

"오, 그런 것도 있어?"

대형화면 쪽을 올려다보니 정말 자신의 얼굴이 드론 카메라

가 있는 각도에서 클로즈업되어 비쳐졌다.

심심해진 서문엽은 무심코 드론 카메라를 향해 중지를 세워 보였다. 백제호가 재빨리 그 몹쓸 손가락을 제지시켰다.

"넌 대체 뭐가 문제냐!"

"그냥 심심해서……."

"그렇게 심심하면 배틀필드를 하란 말이야!"

"또 말이 그렇게 되네."

투덕거리는 두 사람.

"와하하하하!"

서문엽의 철딱서니 없는 행동에 경기장이 웃음바다가 됐다.

인터뷰 부스에는 날씬한 몸매의 미녀 캐스터가 기다리고 있었다.

"반갑습니다! 캐스터 이영희라고 합니다."

"예, 반갑습니다. 대표 팀 감독 백제호입니다."

"안녕하쇼."

백제호와 서문엽도 인사했다.

"두 분 다 멋진 경기력을 보여주셨는데요, 먼저 1세트 MVP이신 백제호 선수께 질문을 드리겠습니다. 오늘 이렇게 활약하실 수 있을 거라고 예상하셨나요?"

"예상 못 했습니다. 서문엽 씨의 억지 때문에 강제로 출전하게 돼서 부랴부랴 훈련을 했는데 다행히 운이 좋았습니다."

"서문엽 선수와의 호흡이 척척 맞았는데요, 예전의 경험이

다시 떠오르셨나요?"

"예, 기억은 희미했는데 다행히 몸이 기억하고 있었습니다."

그밖에도 질문과 모범 답변이 이어졌다.

그리고 서문엽의 차례가 되었다.

"서문엽 선수! 오늘은 선수죠? 2세트에서 굉장한 활약을 펼치셨는데요. 올킬을 할 수 있다고 예상하셨나요?"

"네."

서문엽은 당연하다는 듯이 고개를 끄덕였다.

"1세트는 배틀필드에 대해 감을 잡으려고 쉬엄쉬엄했는데, 해보니까 별거 아니어서 2세트는 적극적으로 나섰습니다."

"아, 그렇군요. 그럼 오늘 참패를 한 사랑 팀 선수들에게 조언을 해주신다면요?"

서문엽은 곰곰이 생각했다.

—대상: 백하연(인간)

—기술 68/75

—대상: 최혁(인간)

—기술 61/70

—대상: 유벽호(인간)

—기술 70/85

―대상: 채우현(인간)

―기술 70/85

"지도자들에게 문제가 있다고 봅니다. 선수들의 적성에 맞는 포지션과 역할을 잘 못 찾아주는 것 같고, 기술도 못 가르치는 것 같습니다."

"아, 그렇군요. 그럼 혹시 서문엽 선수가 그런 측면에서 선수들을 이끌어주실 생각은 없으신가요?"

서문엽은 흠칫했다. 눈을 반짝반짝 빛내는 저 섹시한 몸매의 처자는 아무래도 박진태 협회장의 사주를 받은 모양이었다.

잠시 생각하다가, 서문엽은 엄지와 검지로 동그라미를 만들었다.

많은 것이 내포된 대답이었다.

『초인의 게임』 2권에 계속…